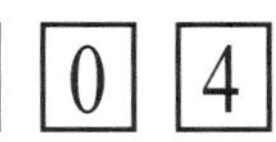

臺北市復興北路三八六號

三民書局股份有限公司收

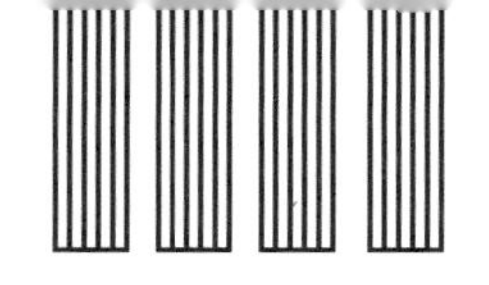

姓名：　　　　性別：□男　□女

出生年月日：西元　　年　　月　　日

地址：

電話：（宅）　　　　（公）

E-mail：

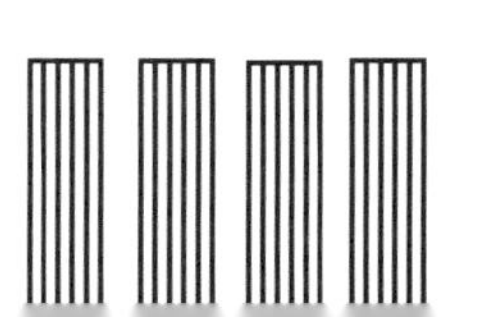

知識使你更有活力・閱讀使妳更有魅力
三民書局／東大圖書讀者回函卡

感謝您購買本公司出版之書籍，請以傳真或郵寄回覆此張回函，或直接上網http://www.sanmin.com.tw填寫，本公司將不定期寄贈各項新書資訊，謝謝！

職業：＿＿＿＿＿＿＿＿ 教育程度：＿＿＿＿＿＿＿＿

購買書名：

購買地點：□書店：＿＿＿＿＿ □網路書店：＿＿＿＿＿

□郵購（劃撥、傳真） □其他：＿＿＿＿＿

您從何處得知本書？□書店 □報章雜誌 □網路

□廣播電視 □親友介紹 □其他

您對本書的評價：

	極佳	佳	普通	差	極差
封面設計	□	□	□	□	□
版面安排	□	□	□	□	□
文章內容	□	□	□	□	□
印刷品質	□	□	□	□	□
價格訂定	□	□	□	□	□

您的閱讀喜好：□法政外交 □商管財經 □哲學宗教

□電腦理工 □文學語文 □社會心理

□休閒娛樂 □傳播藝術 □史地傳記

□其他

有話要說：＿＿＿＿＿＿＿＿＿＿＿＿＿＿＿＿

（若有缺頁、破損、裝訂錯誤，請寄回更換）

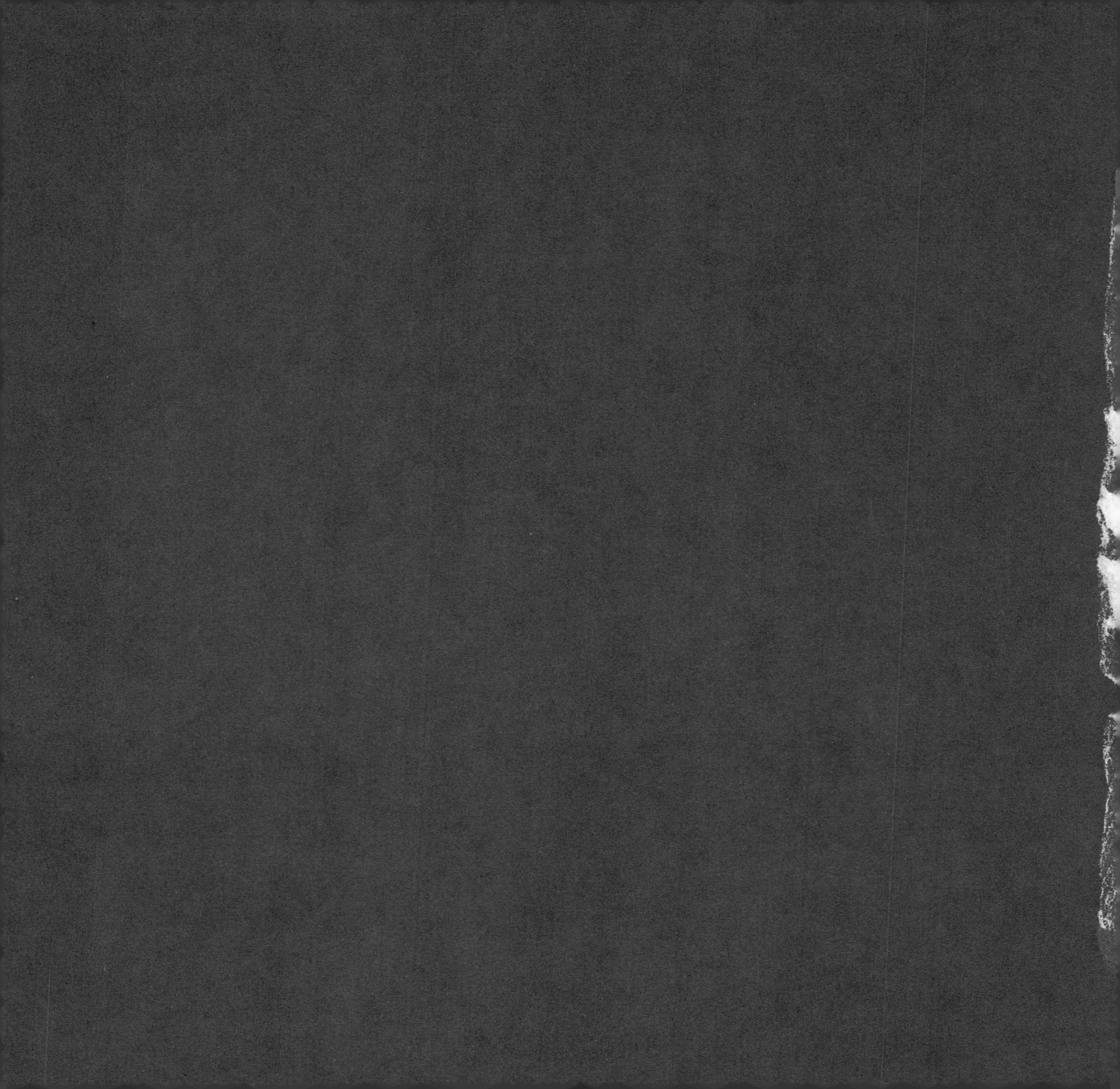

藝術

藝動人生

楊曼雲 著

三民書局

國家圖書館出版品預行編目資料

藝動人生／楊曼雲著.－－初版一刷.－－臺北市：
三民，2006
面；　公分

ISBN 957-14-4609-2 (平裝)

855　　95015722

著作人　楊曼雲
發行人　劉振強
著作財產權人　三民書局股份有限公司
臺北市復興北路386號
發行所　三民書局股份有限公司
地址／臺北市復興北路386號
電話／(02)25006600
郵撥／0009998-5
印刷所　三民書局股份有限公司
門市部　復北店／臺北市復興北路386號
重南店／臺北市重慶南路一段61號
初版一刷　2006年9月
編　號　S 900940
基本定價　肆元捌角
行政院新聞局登記證局版臺業字第〇二〇〇號

ISBN 957-14-4609-2 (平裝)

http://www.sanmin.com.tw　三民網路書店

給雙親的一封信

親愛的爸爸媽媽:

很久沒向您二老請安了，您們在那邊的世界可好？非常想念！

說一件讓您們高興的事，我寫的書終於出版了，第一次寫作，我發覺那是一件很艱鉅的任務，它要有情、有理、有笑、還要有淚，對我來說是很難的。爸媽也知道，我的文學根基並不是很好，能如此順利完成，我能感覺得到，是您二老在背後給我的力量與推動。當我遇到挫折時，是您們給了我勇氣與信心，當我思緒空白時，是您們給了我靈感。我知道父母您們一直支持我，哪怕是在您們離開了這個世界，還是依然呵護著我的，

謝謝爸媽。

媽媽，您在臨終前，曾握住我的手，告訴我，您要去一個很美的地方。現在，我用了您的話語來摸索，探討人世間的美好事物，希望我們同時都能在這美麗的二個世界，渡過永生及今生。

今天我將這本書獻給您二老，雖然您讀不到，但希望您們能為我驕傲，67 歲的老女兒也會寫書了！

樹欲靜，而風不止

子欲養，而親不在

這是我的遺憾！

祝福您們永遠快樂！

您們的女兒

曼雲　叩上

沈序

曼雲女史二年前，遠渡重洋，千里迢迢赴吾院研習中國傳統藝術。閒聊之間得知其自寶島臺灣移居美國加州，在因緣際會之下接觸了中國書畫，由藝術門外漢成為一名熱忱的藝術愛好者，進而興起繼續深造之念頭，待今兒女成人立業後，終得以有暇來了此心願。

曼雲女史雖年近古稀，但於年輕人的活力和求知欲，其毫無遜色，對中國書畫亦有著極強的感悟力，且睿敏勤奮。憶初在中國畫班為其教授書法課程時，每每稍有點撥，其書便有較大之改觀，其對藝術的敏穎絲毫不亞於專業學生。故吾建議其轉易書法以求對中國傳統文化精神有更深的瞭解，再浸淫水墨則必當有更可觀之飛躍。其欣然接受，次年便轉入書法班。

沈浩老師（左四）與同學合影

在書法班的學習中，曼雲女史虔誠地追摹古賢名跡，真、草、隸、篆多方涉獵，力求傳神達意，各有心得，其提高和領悟之快，得到了多位老師的嘉許。吾授課期間，其日課之進展每每給人更大的驚喜。

時光飛逝，轉眼已近二年，曼雲女史於藝事已有諸多心得，然其仍保留著初到之時的謙虛和敏而好學，其常言二年時光是一個很好的開端，必將持之以恆。吾祝願其藝術道路長青，深信再加時日，其必當迎來金燦燦的收穫時節！

中國美術學院書法系
副主任　沈　浩
2006 年 6 月 6 日

王序

中國寫意花鳥畫不拘泥於對自然物象的描繪，是通過畫家長期的觀察體味從而表現物象在自然中呈現的種種物理、物態、物情。中國寫意花鳥畫把「傳神」放在首位，重視意境的創造，強調抒情達意。這正是楊曼雲女士對自己花鳥畫創作的要求和目標。

2004 年，楊曼雲從大洋彼岸的美國抱著學習研究中國傳統繪畫的心情來到中國美術學院進行學習，當時我給他們上中國花鳥畫課程，從而認識了她。通過教學，我對楊曼雲繪畫作品的感覺是十分重視傳統，通過大量的古畫臨摹，使其掌握了中國畫創作的內在規律，打下了紮實的傳統功底。楊曼雲在中國美術學院學習期間，刻苦學習，常常廢寢忘食，花開花謝而揮毫無倦。她許多精妙生動的花鳥畫作品，是其取精用宏、厚積薄發而取得的藝術成果。

王一老師（中坐者）與同學合影

楊曼雲的畫內斂而不事張揚，她常常把畫面意境的表達，以及書卷氣的流露，和情趣結合在一起。用以情入畫的方式，得到「情意所致」、「風致所在」的境界。她善於金石用筆，深厚勁挺；精於用墨，清秀華滋。在看完她的作品後，會明顯地感覺到，每一幅作品都既講求傳統的筆墨功夫，氣勢，骨力和神韻，又講求鮮明藝術個性的繪畫語言和時代精神。同時，還注重把表現對象的情境、物境、意境，和諧自然地統一於揮灑自如的筆墨韻律和藝術形式之中……。

楊曼雲十分重視自我修養，信奉「藝如其人」、「人品即畫品」。因為藝術作品的格調，是藝術家高尚品格的折射，是追求真、善、美的閃光。她靜然淡泊，能夠情朗曠達，時時除去浮囂莽燥的濁氣，精於藝術的創作。她用繪畫自身獨特的見解闡明自己的心志，以視覺語言來表述對存在價值的思考。

將進入古稀之年的楊曼雲仍致力於中國畫的學習和創作，而求心靈之慰藉，如此醉心於中國傳統文化，其情其意令人感動。祝願楊曼雲在今後的藝術道路上走得更遠，飛得更高。

王一

丙戌初夏　寫於中國美術學院

曼雲女士與我相識多年，是一位樂觀、上進又富有熱忱之人，其父在教育界素為我極為敬重之前輩，說來可謂是兩代情誼，難能可貴。曼雲女士原本習商，在會計的專業領域中執教多年，近一、二十年移居美國，秉持著認真盡責的敬業態度，亦有相當成功的事業表現；對於子女的教育更是不在話下，幾位子女在競爭激烈的異鄉同樣有傑出的成就，令人感佩。

多年前曼雲女士向我詢問一些關於中國書畫方面的資料，方才得知她在美國開始拜師學藝，經過幾年來的認真學習，打下了紮實的根基，並在子女全力支持而無後顧之憂的情況下，兩年前毅然決然地前往杭州中國美術學院進一步學習中國書畫，我在驚訝之餘更覺萬分感動，所謂「學海無涯」，曼雲女士可謂作了最佳的示範。原本為了調養因為手術而略顯羸弱的身體，在朋友鼓勵與因緣際會之下意外拿起了畫筆，自此展開一場藝術學習之旅，不僅尋回了身體的健康，更為心靈注入一泉活水。從美國回到自幼生長的故鄉，由一個完全外行更毫無興趣的藝術門外漢，到一位學藝備受肯定的藝術愛好者。其中的轉折與箇中滋味，若非由曼雲女士細說從頭，外人實在難以想像與理解。

因而，作為多年好友，我理所當然地鼓勵她將這段人生歷程書寫成冊，《藝動人生》於焉誕生。書中不僅將她如何從「柴米油鹽醬醋茶」的傳統生活，走到「琴棋書畫歌舞花」的藝術人生，向讀者們娓娓道來，更完整呈現了多年來在美國與杭州中國美院的學習成果，不論是繪畫或書法，絕對是令人驚奇的一頁。我不僅從中看到了曼雲女士努力認真的學習毅力，更讀到了她在這一筆一畫的描摹創造中，所展現的熱忱與強大的意志力。「活到老，學到老」已不是一句空言，只要下定決心，勇敢踏出第一步，幾無不可能之事，我在曼雲女士身上印證了這一點，也期望各位讀者在閱讀此書後，當有「有為者亦若是」的感動。

三民書局董事長
劉振強

寫於2006年8月

自序

從未有過書寫經驗的我，這一次有那麼大興致出書，除了老師、朋友的鼓勵外，也希望將我的快樂與大家分享，願這一段藝術學習過程與經驗，能引起您的共鳴。人世間的許多事，只要你肯去學、去做，最後總能取得一些成果。其實每一個人都有著自己的行為模式，那麼，昨日的模式，成就昨天結果；舊的模式，成就的也是舊的成果，如果打破原來的模式，那就會有不一樣的結果。

我的書不能用文學價值來欣賞，我的書法與國畫，不能以藝術傳承來看待，它只是將一件既美麗又快樂事件的經過與結果，呈現在諸君的面前。希望能帶動您，活潑起來、健康起來、快樂起來，那麼這一生也算沒白來，也就不會虛度此生了。

常言說得好：人生只有二件事是由不得您我，那就是「生」與「死」，除此之外，幾乎都可自主，如果「順心了」、「如願了」，那就請「歡呼，喜悅吧!」如果「不能如願」，那只有「自我調適、再努力吧!」一切皆可操縱在己，請將「懊惱，

校外花卉寫生

沮喪，自怨自艾」踢出門外，將「歡樂，喜悅，自得其樂」留在身邊，那麼快樂，健康，將永屬於您。我常提醒自己：不要後悔過去，因為過去的已無法改變，不要期盼將來，因為未來的一切無法預測，要珍惜現在的每一分每一秒——那就是「活在當下」。在人生過程中，有著許多的階段，每一階段，有不同的任務與責任，等到雙肩的責任放下時，突來的空虛與惆悵，將何去何從，多出的時間與空間，要如何去安排，那就請「未雨綢繆」吧！

藝動人生

目次

01

我的未來本無夢

1940 年 2 月出生在上海的我，隨著父母經歷了不少次的逃難，不論在那裡，都是永遠跟隨著，他們是全家的大樹，大樹下面好乘涼，從前方躲到後方，從大陸到了臺灣，孩童時期不知其苦，只知有趣，好玩，坐火車，搭輪船，躲防空洞……，所以我的童年是在「無憂無慮」中渡過的。進了中學，入了大學，也是在懞懞懂懂中完成，從來沒想過，為什麼要上學？大夥都上學了，那麼我去上學也是理所當然的。也不知為什麼要好好讀書？只知道考個好成績，父母會高興，所以不懂什麼叫奮鬥？什麼叫理想？更沒有鴻圖大志，也不想飛黃騰達。大學畢業後，就在家附近的一所中學找到教書的工作，前腳離開校園，後腳又踏入另一個校園，所不同的只是扮演角色不同，一是學生，一是老師，這麼一教，就是近 20 年，直到去了美國。所謂「師者」，傳道，授業，解惑也，那麼就在教學相長的情況下，也學到了許多待人處世的道理以及人生的方向。除了沒有雄心大志外，也是一個不愛漂亮的女孩，在荳蔻年華時期，衣服的顏色不是咖啡，就是藍，不是黑色，就是白，拒穿無領無袖衣，裙子要過膝蓋長，牛仔衣褲更與我無緣，說好聽是保守，說白了，就是一個「土」字。

個性保守、內向、羞澀、不善言詞的我，每天除了上學，其它時間都是待在家裡，那兒也不去，跳舞、唱歌，沒興趣；琴棋書畫，沒一樣通，但是我喜歡跟在母親身邊，小的時候愛黏著她，看她戴著老花眼鏡，手中總是拿著針線，縫縫補補的。母親育有四男二女，因孩子多，不得不循從慣例：「老大穿新，老二穿舊，老三穿補……」，我學會了如何拿針線及勤儉持家，年歲漸長，也學會了她的拿手家常菜，諸如：辣子雞丁、梅菜扣肉、蕃茄拌紅辣椒……等等，過年做蛋餃、灌香腸、醃臘肉，端午節包粽子等等。特別喜歡看著母親做蛋餃，她用著一圓形不銹鋼的大湯匙，架在一小小的木炭爐上，小心翼翼的一個一個做著，不厭其煩的一遍一遍教著我，「別看這小小的蛋餃，它的火候、時間都要拿捏得很好，不然，一不注意，就會皮破、餡露，這可是高技能的工夫菜啊！」那金黃色半月形如同元寶般的蛋餃，就在母親靈巧的手中一個一個的出了爐，因它形同元寶，母親說，在家鄉，每逢過年，蛋餃必是家家戶戶的應節年菜，討個吉利，來年好運吧！後來我結了婚，這道應節年菜定會出現在我家的年夜飯桌上，我的二女兒，手也很巧，這門手藝她也學會了，即使是在美國，過年期間，大夥相聚時，元寶蛋餃也會出現在她家的餐桌上，這可真是我們的傳家之「寶」。後來也學會了手織毛衣，我的四個孩子從小身上穿的毛衣、毛褲，都是我親手編織的，親友們都誇我能幹，這都是拜她老人家所賜。十九世紀中期，美國的名牌縫衣機「勝家」(SINGER) 推出新機型家庭型，我們家也不知什麼時候擁有了它，母親也開始踩起縫衣機了，後因年紀漸老，眼力差了，縫衣機就一直放在家中不起眼的角落，等我結婚，有了孩子後，這一「古董」縫衣機也就來到了我家。我把它清理乾淨，上了些機油，還可使用，每每用雙足踩動腳底的鐵板，帶動整個機器的運作，聽到那喀噠！喀噠！有節奏的聲音，也就憶起母親照顧六個孩子的辛勞，

「任勞任怨」四字，我也知道是怎麼回事。
1983 年，移民美國，這帶不走的縫衣機，
只好送給有緣人了。

02 一刀改變我人生

來到美國的前幾年，因思鄉情懷，所以經常會回臺灣看望年邁的雙親，有一回順便做了一次全身體格驗查，一切均平常，唯獨子宮內長了一個小瘤，醫生拍拍我的肩膀說道，「這種瘤多半是良性，腫瘤生長緩慢，目前瘤還很小，沒有大礙，往後它會隨著更年期的到來，荷爾蒙分泌的減少而日漸萎縮，放心吧！」按當時年齡，更年期應不會太遠了。人的身體從頭到腳，由無數條神經、無數根骨骼所組成，再加上煩雜內臟的錯綜複雜的交替運作，這數不清的人體組成成份，這搞不懂的內部組織規律，一不小心，就會出狀況、犯毛病，既然檢查報告一切正常，那麼一個小瘤又算得了什麼？自我安慰，安啦！不過話又說回來，本來總希望更年期晚些來臨，因為它是「老之將至」的通告，但是現在又希望它能早點到來，因為夜長夢多，怕「瘤」作祟，在體內作怪！哎！矛盾。

以後的日子，為了這「瘤」，我每年在美國都作了定期檢查，每次的檢查報告都是「一切均正常，但瘤有長大的趨勢」。對它我實在沒辦法，既不能吃藥控制它的成長，又不能打針將它消滅，更不願手術把它取出，怎麼辦?!只有任其自由發展囉！每每我年長一歲，它就增大一分，和我來個增長競賽?!後來居然變本加厲，加速成長，這時我多麼的期盼「更年期」的到來，可是最後我輸了，而且輸得很慘，姑息了十年，這頑固的「瘤」來了個總結帳，也好似用上競賽快到終點的那股衝勁，衝破了，也血崩了。

當時我正在美國的一家保險公司擔任會計一職，那天清晨起床，肚子內部有點異樣，但並不予理會，照常上班，等到下午如廁之際，突然血崩，弄得滿缸滿地都是血，當時只想到，這可不得了，待會有人進來上廁所，看了不太好。美國廁所很乾淨，尤其是辦公大樓，不但沒有怪味，還有清香味，全都是磨石子，或大理石地，每天擦得明亮如鏡，於是，趕緊用廁所內的擦手紙把四周清理乾淨，等走到洗手臺，人就不支倒地。「這下我可完了，聽說血崩會死人的」，漸漸地，人失去了知覺，不省人事……。

這麼一躺也不知過了多久，好像是幾個小時，也好像是幾個世紀，慢慢地，感覺到全身濕冷濕冷的，四周寂靜無聲，莫非我已放入殯儀館內的冰櫃？冰冰的，濕濕的。沒錯，母親在過世後，等待出殯前，遺體也是放在殯儀館抽屜式只能容納一人的小冰櫃內，這時我試著打開那無力的雙眼，第一個在我眼前出現的是那柔柔的燈光，鑲在天花板內高雅的燈飾，及寬敞的四周，這不像殯儀館？難道是天堂？沒錯，母親病重住院的後期，一直是昏迷的，等我從美國告假趕回到她老人家的身邊，她意識到我的歸來，在她回光返照的那一剎那，母親帶著微笑的對我說：「我要去天國了，那兒很美」。莫非我沒經過殯儀館，就直接上了天堂？在逐漸清醒中，慢慢轉動著頭部，瀏覽四周，當白潔的馬桶映入我的視線時，哎喲！怎麼還是在廁所啊！這時有那麼一點兒失望，失望怎麼沒能去天堂，但又有那麼些兒慶幸，慶幸自己還留在這美麗的人間，又是一個矛盾心態！

試著扶牆緩緩爬起，對著洗手臺的大鏡子一照，天哪！這是我嗎？怎麼陰間走了一趟回來，竟變成這副德性，虛汗使人整個虛脫得已不成人樣，頭髮濕漉漉的、零亂亂的貼在那蒼白如石膏般的臉上。這也奇怪，一直沒人來廁所，要不然我一定把他們嚇個半死——活見鬼！

佇立沒多久，頭暈目眩，又不支倒地，試著匍匐爬行，推開門，喚來同事，……。送進醫院，上了手術臺，……，最後總算撿回一條命，早知道要挨這一刀，那也不必折騰這一段要人命的「獨角戲」了，真是「有錢難買早知道」。命是撿回來了，但是因失血太多，必須輸血，「輸血!?」那可不得了，在美國輸的血，鐵定是「外國人」的血，我不要，把外國人的血輸入我體內，那我不成了「混血兒」了嗎？雖然這是很荒謬的想法，但內心總是不自在，說什麼我也不同意，醫生只好再驗一次血紅素、紅白血球……等等，還好，不輸血死不了人，只是醫生千叮嚀萬交待，出院回家，一定要好好保養，打補血針，吃補血藥，及吃補血食物，再加上一定要多多運動，運動能增強自己造血功能，也能提高免疫力等，什麼我都答應，只要不輸血。在醫院靜養了一個星期，雖然身體還是很虛弱，但我為能流著純正中國人的血液而驕傲。這正如我現居美國，入了美國國籍，但中國的傳統道德、禮俗，甚至於中國的文化，依然在我內心深處，這是永遠無法改變的事實。

往往很多事情就在得失之間，得之「我幸」，失之「我命」，雖然這一刀，我失去了身體的一部份，因身體的虛弱而失去了工作的本能。和會計學打交道已有 30 多年，不論在講臺上，或是在辦公室，那呆板又枯燥無味的「借方」、「貸方」（會計學名詞），那玩著數字遊戲的「資產負債表」及「損益表」，如今被這一刀，不得不劃上休止符，從此與它絕緣。但這一刀卻打開了我的智慧之門，激活了我的藝術細胞，往後所有的學習、興趣、活動……等等，也都是從這一刀開始，古人有云「失之東隅，收之桑榆」，不也就是這個道理嗎？

03
貴人帶來藝術路

回到家，完全聽從醫生的話，除了因刀口尚未痊癒沒能運動外，打補血針、服補血藥，什麼營養就吃什麼，管它是天上飛的、地上爬的、水中游的，照單全收，每天除了「吃了睡」，就是「睡了吃」，我必須為沒有輸血而帶來的嚴重貧血負責到底，三個月後去醫院複驗，身體已漸入佳境，心中雀喜，真是皇天不負苦心人。

我的鄰居——曉蓉，她經常來看我，她和我是這二百多戶小社區內僅有的二戶中國人，自然而然的，不僅是好鄰居，也成為無所不談的好朋友，中國傳統「敦親睦鄰，守望相助」的美德，我們在異國他鄉把它發揚光大了。曉蓉移民美國已近 40 年，是位非常優秀、能幹的女性，她擁有房地產、保險業、旅遊業等經紀人執照，雖然頭銜很多，但也算是一項自由職業，沒有朝九晚五的上班限制，工作之餘，她常去做健身運動，也學過中國畫。

又過了三個月，身體狀況已如正常人，但每天懶懶散散的過日子，已成習慣，是標準好吃懶做型的頭號人物，加上沒運動，身體像吹氣球般的膨脹了，沒有美好的身材暫且不說，如此大補特補之下，換來其他的病症，那豈不是得不償失嗎？顧此失彼，這可不能掉以輕心啊！熱心的曉蓉，有一天送來了些宣紙及一支毛筆，要我和她一塊去學畫，「學畫」？有沒有搞錯！那可不是人人都可行的！我自小就不喜歡畫圖，也不會畫。記得在高中「美術課」時，一幅「靜物」畫，怎麼畫都不對，最後還是哥哥替我完成的。我也還記得，我的老師是當今臺灣美術界頗有名氣的林玉山老師，這是隱藏近 50 年的祕密，不是為了出書，這段糗事，也不會在這兒自掀瘡疤了，最後曉蓉說了一句話：「學畫，那倒不重要，重要的是妳得出去透透氣，活動活動啊！」是的，該出去活動活動了。

離家 20 分鐘車程，爾灣市 (Irvine) 有一所社區大學 (Community College)，除了有一般大學課程，也為社會人士開設了一些休閒項目，其課程包羅萬象，從藝術類、工程類，甚至育嬰類，應有盡有。這年是 1995 年 7 月份，暑期班剛開始，學校開了一門中國畫 (Chinese Brush Painting)，一星期一次，每次三個小時，任課老師是中國人，父親是臺灣極其有名的畫馬大師——葉醉白先生。開學第一天，曉蓉陪同，帶上她送的毛筆及宣紙，也帶著一顆玩玩的心，來到教室，一眼望去，學生近 30 人之多，幾乎都是白人，以退休人士居多，老師當然是用英語教學，我坐在眾多的白人中間，這時有一種特別的感覺：「遙遠的東方有一條龍，他的名字就叫中國，黑眼睛，黑頭髮，黃皮膚，永永遠遠是龍的傳人」，中國文化在這兒已開始萌芽了。

第一堂課，老師帶來事先準備好的山水畫稿——中國「黃山」。圖上有山、有雲、有水、有樹，所有的線條、濃淡均已表現完整，我們只要用宣紙覆蓋在稿紙上，握著毛筆，沾上墨汁，開始「畫」了。學生們很認真，問題也特多，從握筆開始，他們學拿中國毛筆和學如何拿筷子一樣，覺得中國人太不一般，太聰明了，二隻筷子就在那五指之間開合自如，一粒小米、一根麵條，就這麼神奇的夾在那圓滑的筷子尖。他們也驚嘆著，軟軟的毛筆在我們手中，用那細微的動作，就能表現線條的粗與細，直與彎，隨心所欲控制得如此完美。一位可愛的美國老太太過來摸著我的雙手，捏捏我的五根手指頭，看看和她的手有什麼不一樣。

第一天三小時的課程，就在這「文化交流」學習握筆中，輕鬆、愉快，又有成就感中過去了，在回家途中，曉蓉明知故問：「好不好玩啊?」我答著：「好玩!」，「下星期還去上課嗎?」她又逗我了，「去!」，「醉翁之意不在酒」也。接下來的幾週，老師不但教畫，也介紹了「黃山」之美，同學們聽得津津有味，也畫得樂此不疲，沒多久，一幅「山水畫」完成了，不管那是「畫」出來的也好，還是「描」出來的，總之，同學們都對自己的「作品」滿意極了，包括我在內。

曉蓉上了沒幾次課，因工作關係只好「休」學了，我孤軍奮鬥，日子過得還算得心應手，在此時我認識了班上另一位也來自臺灣的中國人——梁美琪，她有著深厚的畫畫基礎，之所以來上這如幼稚園班的國畫課，主要是想和葉老師學畫馬，她想有其父必有其子，葉醉白先生的畫馬技術，一定傳授給也愛畫畫的兒子吧！完全是慕名而來。在學習過程中，她給了我不少的指導。有一回在閒談中她說：「如真正想學好畫，那就不能在這麼大的班學習，而且老師的教法純粹是配合老外的觀念、興趣及能力來教導，學畫中細微的部份老師是沒辦法教的。」「哦?」我一臉疑惑，似懂非懂的答著，她接著又說：「如果妳真有興趣，我可以帶妳去我現在正在學習的一個小班，人數只不過四、五人，這位老師是臺灣師範大學藝術系畢業的林卓祺老師，他有他獨特的繪畫風格，中西合併，色彩很強烈，如妳真願意，我可和老師說說。」這時，我想美琪一定是林老師的高足，說話有份量。這麼我就三級跳，從幼稚園直升到高級班，在座的幾位同學程度都很好，所以老師講的我聽不懂，手也不聽指

與貴人梁美琪（右）合影

揮，程度跟不上那是自然的，幾次遇到挫折，每每都想放棄，但美琪總不厭其煩的給我指點，就這麼像打鴨子上架似的，硬著頭皮正式拜林卓祺老師為師了。林老師的畫很美、很甜，看了他的畫，就有想學的衝動，雖然往往是力不從心，但在沒有線條的基礎上，對五彩繽紛世界裡的美，依然會提升對畫畫的興趣，這麼畫畫停停，停停畫畫，直到三年後舉家搬至另一城市，因路途較遠，畫圖課從此中斷了。在學畫的這些日子裡，美琪知道了我的身體狀況，就帶我去當地社區學有氧舞蹈（韻律操），這又是一個新的嘗試，在跳韻律操中，我不但接觸到舞蹈，也接觸到了音樂。指導老師是來自臺灣國立藝術學院舞蹈系的李美鴒老師，我很喜歡她選擇的音樂，本來韻律操是為了健身，但每次陶醉在那優美的旋律中，我的舞步也隨著音樂的節拍，剛柔而舞動起來,「風燭殘年」已離我而去,只有著飛揚的喜悅,在動感中煥發出朝氣與活力,我同時感覺到運動不是機械操,它是肢體美的表現,是一種美的藝術,有感情,有韻律,是一種享受,在不知不覺中,我喜歡上了它。

李老師除了擔任社區韻律操的指導老師外,也結合了一些愛好舞蹈的朋友,練習中國民族舞蹈,當社區需要代表中國民族風俗的節目時,她的舞蹈必定被邀請,同時也受到當地居民的肯定與讚賞。有一年,社區要的節目比往常多出許多,老師鑒於舞蹈成員太少,節目分配不過來,只有在韻律操班物色新團員,我居然「雀屏中選」,這下可不得了,要粉墨登場,我會嚇破膽的,沒答應也不敢答應。這時老師幾乎是「求」我了,「就算做件善事吧!」一聽做善事,心軟了,好吧!只好「犧牲色相」,勉為其難了,真是「人在江湖,身不由己」。不過這麼一上臺表演後,就下不了臺了,繼續參加李老師的民族舞蹈班,她「有教無類」的精神,令我敬佩,同時也感謝她給我登臺的機會。自從上了舞臺

初次登臺。山地舞,著黑衣者為李美鴒老師。第二排左四為筆者。

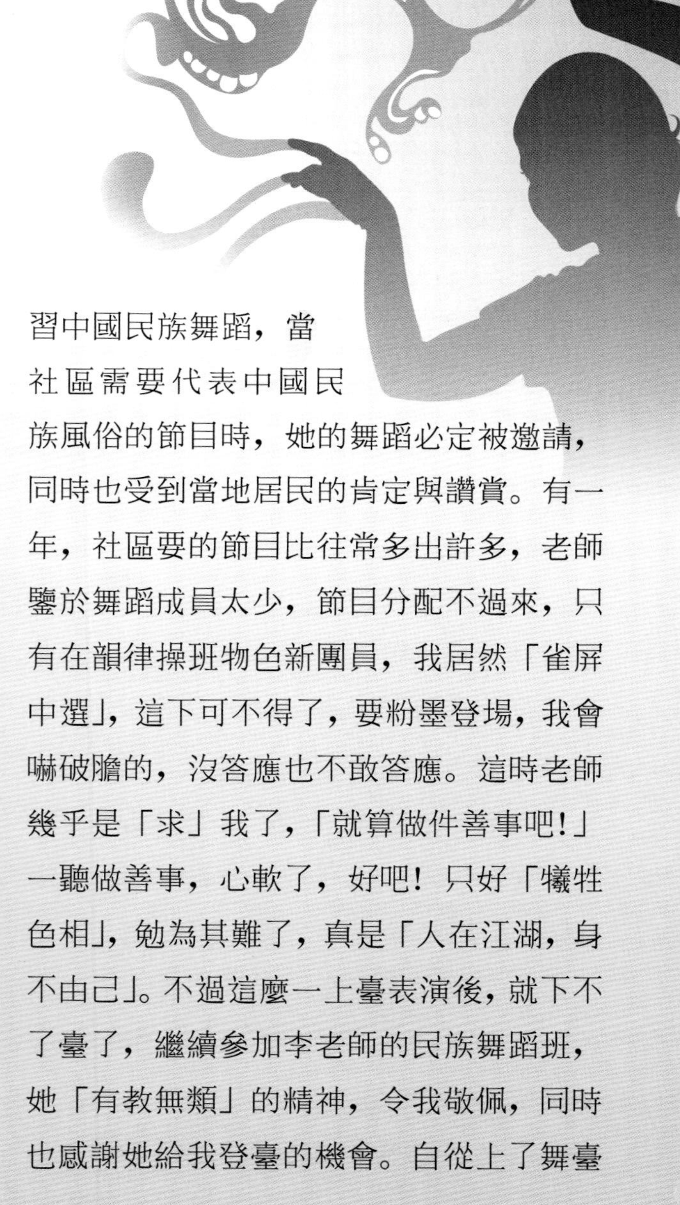

太極拳練習

琵琶演出。右第一人為吳俊生老師，中為筆者。

後，它帶給我勇氣與自信，健康與快樂，運動時間增加了，身體的狀況也改善了，整個人突然煥然一新，自然「苗條」二字在我身上也能用上了。

在這濃濃藝術氣息的環境籠罩下，我又學會了古箏及琵琶，我的人生就像變魔術般，一些不可能的、想不到的事，都會浮現在我的眼前，發生在我的身上，我是何其有幸，認識那麼多的貴人，由於她們的帶領，我才有這原不屬於我的事物，尤其是認識了梁美琪，我和她素昧平生，她卻如此熱心地帶領我，使我的人生更豐富，更充實，我的生活更多彩，更多姿了。

04 恩恩相報我受惠

從搬離爾灣市到羅蘭崗 (Rowland Heights)，又是一個新環境的開始，羅城位於南加州的東區，是中國人聚集最多的一個新城市，在這兒沒有異邦的感覺，中國超市、中文報紙、書店、錄影帶出租店……等到處可見，中國餐館更不用說了，南北口味是應有盡有。有那麼一則笑話：丈夫帶著妻子移民美國，妻子興奮極了，因為夢寐以求的美國生活終於實現了，他們在羅蘭崗紮了根，結果妻子在美國過的日子與祖國沒什麼兩樣，有一天妻子抱怨的對丈夫說：「你到底什麼時候才帶我去美國啊?!」

十多年前，羅城還是一個荒涼的地帶，但在中國人一戶一戶的遷入後，它就開始繁榮起來了，有人比喻，中國人猶如蝗蟲般，往往是成群遷移，所到之處「赤地千里」，在當地美國人逐漸遷出的情形下，羅城自然就被中國化了。有一美國超市，在羅城已開了近 10 年，因中國人的增加，顧客幾乎全往中國超市購物，在無法與其競爭下，只有易主了，可見團結就是力量的威力。美國是一個種族大熔爐，中國人對當地各族裔，有一個簡單明瞭又貼切的稱呼，只要加上一個「老」字，就能很清楚的表明對方的種族不同，如：白人，我們稱他們叫老外，墨西哥人稱老墨，黑人稱老黑，韓國人稱老韓，就是中國的廣東人也加上老字而稱老廣，自己則自稱老中。

有一個很有趣的對白，在中國超市或其他中國商店見到白人或其他族裔來購買中國傳統食物或用品，你總會聽到這麼一句：「你看！外國人也喜歡來採購我們的中國食物。」殊不知，誰是外國人？

這兒也有許多中國團體，尤以老人活動中心居多，各式各樣的活動都有，對老人們來說是一福音，經老同事阿嬌的帶領，我參加了洛杉磯羅蘭長青會，它是一個很健全、有組織的老人團體，會員來自兩岸三地，大夥在一起各展才華，相互照顧，和樂融融。合唱團、元極舞、太極拳、交際舞、國畫班……，老人們可按照自己的喜好，隨興參加，是老人們排遣寂寞、增長知識的好地方。加入該會後，才發現自己是年齡最小的老人，當時自己已是60歲了。經歷在爾灣市受到藝術、舞蹈方面的薰陶，在羅蘭長青會也能發揮出一些帶動作用，做起義工來了，所謂學而優則「演」，演而優則「教」，教而優則「編」（編舞），總之，我使出渾身解數，主要是大家同樂。有一句國內洗髮精的廣告詞：「要大家都好，才是真的好」，我把它改了「要大家都快樂，才是真的快樂」。

臺灣名主持人田文仲先生特為美國羅蘭長青會主持年會盛典。左起：任芝蘭、田文仲、筆者。

生活在美國的中國人是有福的，尤其是居住在南加州，不但享受常年的陽光，及整潔的環境，祖國的一切，依然永遠圍繞著我們，從穿的、吃的到用的，從傳統的到時尚的，樣樣齊備，中國傳統文化藝術近幾年也如雨後春筍般風行起來，學習中國文化的機會也增加了，我忙得一直都沒有機會再提筆試著塗塗畫畫，但始終是耿耿於懷。

就在這個時候，想不到，也幾乎不可能的事情發生了。

我的大女兒蓓蓓，一家都是虔誠的基督教徒，女婿在美國洛杉磯行醫，週日總是會去固定的教堂做禮拜，五、六百人的教友，相處如同兄弟姐妹，牧師猶如大家長，在共同信仰，及一週一次的相聚下，彼此之間都能互相幫助，分享喜樂，見證恩典。每當崇拜完畢，大家都會聚在教會餐廳，分享那教友們輪流烹調的午餐，也交流著這一週來的生活中的點點滴滴。有那麼一天，餐桌一邊坐著一對陌生面孔的中年夫婦及女兒，他們坐在那兒，不知如何取飯菜時，蓓蓓一家，很自然地與他們坐在對面的位子，一切教會的習慣，蓓蓓都替他們張羅，坐定了，午餐也拿到了，大家開始寒暄，自我介紹。原來他們來自中國大陸上海，是北京某外文學院的英語退休教授，姓錢，因剛移民來美，一切都是那麼的不習慣，也是困難重重，汽車駕照還沒考，醫療保險還沒保，這二件事是初來美國最大的問題。美國之大，沒車就好比沒腿般，寸步難行，沒有醫療保險，那只有待在家裡服成藥了，在美國是生不起病的，見一次醫生太貴，如果遇上大病，那就不得了，「傾家蕩產」也是可能的。於是乎，蓓蓓每週日去接錢教授一家來教會聚會，平時陪著他們去辦些該辦的事，錢教授的女兒，身體不是很好，女婿就義務替她看病、送藥，他們一家有何疑難雜症，女婿也會義不容辭的拔刀相助，沒多久，錢教授一家都考取了駕照，夫妻倆也在離家不遠的一所社區大學找到教書工作，自然，醫療保險也有了，和蓓蓓一家也更熟了。他們知道蓓蓓的母親也是上海人，喜歡畫畫。這時，錢氏夫婦，極力推薦杭州中國美術學院，那是一所非常好的學校，而且就在西湖邊，環境好。這是多麼誘惑人的地方，可是「母行千里，子擔憂」，況且又是人生地不熟的，這時錢教授報答蓓蓓一家的機會到了，他說：「沒關係，杭州我有一位好友，姓全，非常熱心，她是杭州某單位的主任，她會照顧妳母親的，妳們放一百二十個心吧！不妨陪妳母親先去看看，和全主任見個面，再做決定吧！」就在 2004 年人間四月天，在我大嫂的陪同下，和一位原居美國，後遷移至上海的朋友在上海會合後，三人行，搭火車來到了杭州，一位可愛、又可親的中年女士，已備專車等候在車站外了，三天的杭州行，全主任把節目排得滿滿的，西湖也遊了，中國美院國際學院的任院長也見了，學校也參觀了，那還有什麼不願意的，全世界也找不到學校座落的地點，竟是世界知名的景區邊，再加上有全主任在旁，心也安了許多，在返回上海前一天的晚餐時，全主任來一個離別真言：「錢教授交待的事，就是我的事，錢教授的朋友，也就是我的朋友，他對我們家有恩」，「又是一個知恩圖報的故事」我想著，全主任繼續又說：「我的女兒文文，大學畢業後，想去英國留學，必須通過英文托福 (TOFU) 考試，但她的英文根基並不太好，所以錢教授就特別幫忙，寒暑假時，讓文文住在他家，由他專門指導。之後，文文不但高分通過考試，而且在英國留學期間，不但沒有語言方面的困難與障礙，同時還以優秀的成績畢業，獲得很高的榮譽。回國後，文文找到了有關國際貿易的工作，她的英文表達能力，無論在發音、用辭，甚至於翻譯，都在一般水平之上，這都是錢教授努力教學、苦心栽培的成績，而且，那時錢教授還是我的頂頭上司呢！他能收文文為學生，我們全家是感激不盡的，歡迎妳來杭州，我會盡我所能好好照顧妳，放心吧！」

二個報恩的事件，就這麼把我送上了「留學」之路！

05

中國美院第二春

離開學校 40 多年，又有機會重回校園，那種興奮的心情，非筆墨可以形容。除了心境需要調適外，對於穿著打扮，也要來個大調整，什麼樣的角色，就唱什麼樣的戲，今天要再次扮演學生角色，那就得從造型開始。於是乎，將媽媽型、祖母型的服飾置之高閣，去百貨公司選了一些 T 恤及牛仔衣褲。這些對我來說都不難，四個孩子唸書的每一階段，這種 Back to school 的上街購物，我已有多次經驗。在美國，每當放完漫長的暑假，各大商店均以巨幅的 “Back to school sale” 廣告字樣，做減價促銷活動。家長們常在這個時候，替孩子張羅一些新衣服及補充一些新文具。現在自己打理「回校上課」的瑣碎雜事，已是得心應手，也就在輕鬆逛街、愉快購物的心情下，從身上穿的春夏秋冬衣物，到日常生活必需品，兩三下，就塞滿了兩大皮箱。四個孩子看著母親就要隻身遠渡重洋「深造」，有些不放心，最後決定由大兒子護送到杭州。這是一個獨特而溫馨的經驗，使我回想起孩子們從小上學的情景。在臺灣時，陪著上幼稚園，護送上小學；到了美國，則是驅車接送上中學。現在，二個女兒也是每天忙著接送她們的孩子上下學，為孩子辛苦，為孩子而忙碌，天下的母親，都是一樣的。今天，反過來，是孩子送我上學了，可是，天下兒女心，那就不一定都是一樣的了。

2004 年 8 月中旬，兒子陪著我踏上「留學」之路，當時的心境是錯綜複雜，百感交集。一個陌生的環境，一個遙不可及的藝術夢想，但這條路又是如此順暢，如此完美。一個從沒有大志、沒有衝激力的我，能否因這安排而達到完美的成就，就不得而知了。但不管結果如何，我會去珍惜、去喜歡過程中的每一環節，從中得到追求藝術的快樂。

孝順的兒子，把我送進學校，安排好住宿，還陪我坐船，遊了一趟西湖，他才依依不捨地離杭赴美。

離開學還有一個星期，乘此空檔先了解一下四周環境，及中國美術學院概況。美院已有 70 多年的歷史，它的前身是著名的民主主義革命家、教育家蔡元培先生所創建的國立藝術院，是當時中國最高的藝術學府，後經十次遷移，五易其名，在 1958 年 6 月第四次易名為浙江美術學院。因學校辦學認真，深受好評，就在 1961 年，被中國文化部列為直屬重點高等美術學院，1993 年 11 月起更名為中國美術學院直到現在，在這風風雨雨、經歷滄桑的 70 年裡，學院聚集和造就了一大批中外聞名的藝術家，如林風眠、黃賓虹、潘天壽、李可染、趙無極、席德進等等，今天活躍在國內外藝壇的許多藝術家，都曾經在此學習、教學過。中國美術學院孕育了一代又一代的文化英才，真可謂是桃李滿天下，蜚聲海內外。

美院為了弘揚中華優秀文化，促進國際文化藝術的交流，特設國際教育學院，現有中國畫、書法、中國文化研究、漢語言四個教學課程。除此之外，如油畫、版畫、雕塑、美術史等課程，也有許多國外留學生在此研讀。現在最時尚的多媒體設計、服裝設計、陶瓷設計、建築設計，甚至中國剛起步的傳媒動畫，也設有專門的科系提供給境外學生研讀。總之，一切有

由中國美院五樓遠眺西湖（中國美術學院網路中心申博攝影）

關藝術類、傳統的、現代的，都可以在美院，滿足自己的喜好及當今流行。

在學院學習的期限很有彈性，有短期的數週教學，及配以藝術旅遊活動領略中華文化的班，也可參加半年或一年的集中學習的進修班。如條件許可，可經過考試，進入本科生（學士學位）、研究生（碩士學位）及博士班等。一個宗旨，只要你對藝術有興趣，這藝術的大殿堂都能配合每個人的條件，讓你實現藝術的夢想。

美院還有一得天獨厚的條件，那就是它坐落在風景區西湖和市中心之間，是杭州環境最好，生活交通最便利的地區。

中國美術學院，遠續千年藝術之流脈，近得西湖山水之意蘊，是藝術學習和創作的勝地。

我是何其有幸，輕輕鬆鬆地被帶到這「名校」、「名勝」，還有「前程似錦」的好地方。

2004 年 9 月 6 日，學校開學的第一天，我選的是國畫進修班，這個班不用考試進入，相對的，當然沒有學位，不承認學分。世間事，就是這樣公平，種什麼樣的因，就能結什麼樣的果，大家都遵循這樣的循環規律，也就心安理得了。想求什麼樣的果，那就先種什麼樣的因吧！

這天，起了個大早，全身上下嶄新青年學子的打扮，斜背著為再次上學而準備的黑色包包，配上剛剪的短髮，在宿舍內的長形穿衣鏡前，看看自己這身，「噗嗤！」笑了起來，雖然有那麼一點「不自在」，但

中國美院一景（中國美術學院網路中心申博攝影）

改頭換面的造型，使自己更精神抖擻、更容光煥發了。

踩著輕快的步子，從宿舍大樓三樓穿過兩側裝有落地大窗、不怕風吹雨打太陽曬的天橋來到教室門口。門未開，教室長廊上空無一人，是來得太早了一些，就倚靠在落地窗的欄杆邊，瀏覽四周，跌入回憶：四個孩子在臺灣上小學的第一天，我也是以這樣興奮的心情，替孩子穿上全新的制服，梳著整潔的頭髮，小書包內裝滿了文具用品，還有小手帕、衛生紙……等等，牽著他們的小手送到學校，進入教室，這是他們開始走上自我獨立的第一步。學校上課鈴聲響了，我還不放心離開，在教室不遠處，偷偷觀望孩子的動靜。縱然是不放心，但也得學習「放得下」。時間過得真快，一晃眼，孩子都已長大成人，各人有各人的家庭，他們也都能站在自己的工作崗位，負責、盡力，這是我最欣慰、最自豪的。一聲「妳好！」打破了我的沉思，迎面而來的是一位年輕少女，我們相互自我介紹：她來自日本，已取得法學碩士，有很好的工作，但因熱愛藝術，曾利用工作之餘學了些日本畫，這次是慕名而來，要比較日本畫與中國畫的不同，也希望能攝取中國畫的精髓，回國後綜合兩者的特色，再加以發揮。哇！好一個有抱負的女孩。這時，「井底蛙」的我，已能感覺得到，這個班將會是各路英雄好漢會聚一堂的組合，想打退堂鼓?!為時已晚矣！那麼，只有「既來之，則安之」，走下去吧！

聊著聊著，一位年輕的女老師，一手捧著大畫冊，另一手拿著紙與筆，後面尾隨著六位膚色不同的同學，有金髮碧眼、有黑髮披肩、有高大壯漢、有纖瘦女子，正面向我們這兒走來，氣勢猶如前來挑戰，沒錯，有信心才能經得起挑戰，我不也是來挑戰自己的嗎？老師開了門，同學們魚

猜！哪一位是老師？左起第一人是也！

貫進入，我找了一靠窗的位子坐了下來，老師分送紙與筆後，開始為期二週的山水基礎課，因同學的程度不同，採個別指導教學。這時我內心輕鬆了許多，可按部就班，根據我的程度而設定進度，這種沒有壓力的學習，使我對中國畫產生莫大的興趣，在此同時，對於藝術知識的吸取，增加了不少，也奠定了往後學習的基礎。

老師教我先從樹枝、線條開始，再學畫大樹。一棵樹、二棵樹好畫，但要畫一叢樹就難了，一代奇才藝術大師齊白石曾說過：「十年種樹成林易，畫樹成林一輩

難」，其中講求的「枯濕、濃淡、疏密關係，整體佈局，還有更深的內在精神氣質」，這就不是一朝一夕學得會的了。那我就先從「修身養性」開始吧！

接下來二週是白描花鳥課，學習用那柔軟、細緻的毛筆，畫出圓潤（不扁）、剛挺（不軟）的線條，那就得要有幾分功力了。剛開始，就是無法做到這一步，但在「天下無難事，只怕有心人」的勵志語及「鍥而不捨」的精神下，終於成功，不但成功，也有很好的作品呈現在諸親好友面前。

之後，課程還有寫意花鳥、仿宋人小品、校外寫生、書法等，這個中國畫班，是將本科四年大學教材，在一年內密集授畢，雖然每項只是點到為止，但在這點到的過程中，也不難體會中國畫的基本知識。同時在學習「臨摹」、「寫生」、「創作」三部曲中，領悟到中國繪畫的韻味，是西方繪畫中找不到的。它不但講求技法，且更重靈性，使繪畫精神「感情移入，氣韻生動」，在學習傳統的意識，傳統的精神中，創作出時代的神貌。

在國畫班中，有二週書法課，50 餘年未提毛筆寫字的我，對書法的認識如同一張白紙。在好奇的探索下，它是如此新鮮、有趣，再加上一年的國畫用筆經驗，發覺書法與國畫原是息息相關、相輔相成。同時，也體會到，書法是中國繪畫藝術美的根源，它吸引了我，我也愛上了它。有一位知名臺灣作家 2004 年 9 月來杭州為崑曲《牡丹亭》作宣傳，曾作了一場演講，其中有段他說：「中國人有三種文化，千百年下來叫人著迷，使人沉醉，它們是唐詩、書法及崑曲。」這句話在我身上應驗了。

本來計劃學習一年的國畫就可回美含飴弄孫享天倫之樂，沒想到，二週的書法課就改變了我的計劃，也把我帶到另一藝術美的境界，書法的魅力，非同小可也。

在書法學習過程中，我學到了各種書體，如大篆、小篆、隸書、楷書、行書等，

書法教室寬敞，光線足。案前的蘭花是在國畫班時買來寫生用，一年後依然健康茁壯。

有代表性的帖與碑，我們也都臨過。書法在今天而言，它不但是藝術，也是中華文化的瑰寶，書法不只是書寫工具，它是一種培養人的素質的文化，說出人的真實、規矩，點畫中行而自如，結合人的本性而變化氣質，這是人筆合一的最高境界。在書法運行中，坐直、表現得端莊，這是從外在而言的好處；在內在方面，寫字時，心境須先安靜下來才可下筆，每一筆、每一畫須經過深思熟慮，日子久了，自然可以鍛鍊人的毅力及定力，這對性情品格的修養，有著一定的幫助。

有一位書法老師，6 歲就開始練書法，中學開始就是學校鉛球比賽的代表，大學則是年年鉛球比賽冠軍保持者。小小一支毛筆，軟軟一頭筆尖，這內煉功夫就能如此強大，所以，不要小看書法老師們的威力哦！不過，反過來，如果是鉛球選手，他的書法功力，是否也具有一定水準呢？我就不得而知了。

韓天雍老師送給我的「悟德（得）」

我很愛上課，也喜歡認真做功課，尤其喜歡到教室展示我的書法或國畫作業，老師們會不吝嗇的給我鼓勵，給我讚美，這些話語帶給我整天的快樂心情，延續持久。本來，像我這髮蒼蒼、視茫茫、齒牙動搖年紀的老人，被人讚美的機會實在是少之又少，可是來到美院上課，我享受到經常被讚美的感覺，它使我更有信心，更加努力，也心花怒放。

當今一般人，為了適應生活的需要，拼命工作，以致日漸在不自覺中失去了自己，生活中顯現出極度的空虛。而我國先賢、先聖遺留給我們的豐富文化遺產，的確幫助了我們，使在高度物質生活中，還有一點精神、靈性生活的調劑與滋潤。

美院留學生宿舍是地理位置最方便的地段，離西湖僅 50 公尺的五樓建築，四周

國際教育學院辦公室王曉奮老師（右），如同留學生的媽媽，不分晝夜地為學生解決任何疑難雜症。此照攝於 2004 年 12 月底，在學校為留學生舉辦的除舊佈新餐會上。

有郵局、銀行、超市、醫院等，一應俱全，除一、二樓另作他用外，三、四樓共有60個房間，全歸外籍學生使用，為了方便學生問題的處理，國際教育學院辦公室也設在三樓，老師們與學生朝夕相處，形同一家人。在三樓進口處，有24小時輪班師傅，他們如同留學生的「守護神」，不但保護著學生的安全，所有來訪者，必先通過此關，才能放行，同時也解決我們諸多疑難雜症，使同學們能安心學習。地下室是擁有五、六百座位的學生餐廳，解決了民生問題，五樓的洗衣房，及可晒衣的頂樓平臺，學生生活就在這一棟大樓完全解決，上課教室有天橋相連，上幾個階梯，轉幾個彎道，

辦公室王老師，帶著留學生們前往杭州塘栖去採枇杷。搭上遊輪，盪漾在古運河上，這水上文化旅遊，確實與眾不同。已有1300年歷史，能與萬里長城並列為古代奇蹟的「巨龍」，依然承載著百舟千帆，有著它的千古風韻。中學時在課本上讀到過大運河，如今能親身經歷，感觸良多。

我們去塘栖採枇杷時，季節已進尾聲，低處枇杷已被採光，只剩那高高在上、遙不可及的。年輕男同學們爬上枝頭，還是滿載而歸。王老師和我卯足勁拉下這樹幹，為的只是上端那粒金黃色熟透透的小枇杷。

可隨意到達你要去的地方，可說是四通八達，方便至極。

住在宿舍的同學，來自世界每個角落，雖然膚色不同，文化背景不同，生活習慣不同，所學的也不一定相同，但每個人都熱愛藝術，熱愛中國文化，也都學著說漢語，無論在何時、何地，彼此相遇，都會熱情的問聲：「你好！」記得在臺灣，有這麼一個說法「學音樂的孩子不會變壞」，70年代的臺灣，最流行的是女孩學鋼琴，男孩學小提琴，希望在音樂的薰陶下能培養孩子的良好個性與習性。今天，我在美院見到那麼多來自世界各國的藝術愛好者，他們熱情、懂禮貌、愛朋友，每個人每天都沉醉在自己的藝術領域裡，追求美麗的藝術，尋找藝術的真、善、美，那麼「學藝術的孩子，也是不會變壞的囉」。

我擁有自己單獨的房間，生活中所需

這位高大英俊的德國小伙子，是來學中國畫。桌上正臨宋人小品山水，他用那粗大的手畫著那細膩的線條及皴擦點染功夫。

書法班同學，來自捷克。中國話說不了幾句，中國字認不得幾個，但寫起書法來是有模有樣，不論是握筆、用筆、臨摹都極具專業水平，尤其是擅於臨王羲之的行草。任課老師祝遂之稱他為「捷克的王羲之」。

餐廳一角

學生：我要那個東坡肉！　　師傅：賣完了！

的設施，在這裡都不缺，有賓至如歸的感覺。每天上午三小時的課程後，下午最愛待在宿舍作功課。我特地買了一臺小音響，邊聽著喜歡的音樂及歌曲，邊習畫、練書法，就在這屬於自己的小小天地裡尋找靈感。

地下室的餐廳，也是我愛去的地方，配菜臺上十數種菜餚，雞鴨魚肉，青菜蘿蔔，米飯饅頭，樣樣齊全，任君選擇。吃下來，每餐不超過 8 元人民幣，真是既經濟又實惠。飯後最佳運動，就是爬樓梯回宿舍，這棟大樓有一特色，就是沒有電梯，飯後從地下室一口氣爬上四樓宿舍，那是訓練體力最佳途徑，也是幫助消化的最佳方法，我喜歡。

杭州乃是自然環境和人文薈萃相映生輝的國家歷史文化名城，歷史名人不計其數，他們留下的史料更是不勝枚舉，再加上文化遺產的豐富，學校周遭的博物館、紀念館、書院不計其數。其中較大的如浙江博物館，全館現有各類文物藏品10萬餘件，其中河姆渡文化的陶器、木器，良渚文化的玉器，明清浙籍書畫家以及現代山水畫大師黃賓虹的作品等，都是聞名遐邇的瑰寶。至於中國印學博物館，它向世人展示中國印章藝術和印學史，博大精深的內涵，成就與影響至深。還有萬松書院，它高踞嶺巔，左江右湖，山野明秀，因「梁山伯與祝英台」傳奇故事的流傳，更被民間視為梁祝同窗共讀之地。中國美術學院本身也有美術館，經常展覽各界名流、藝術家的作品，那多元化的藝術信息，對我們學習有莫大的幫助。有一次，我們同學由老師帶隊，遠征上海博物館，看晉唐宋元書畫國寶展，在人的一生中，能有機會一次面對百多件千年稀世珍品，是極為難得的，那千年丹青，百件經典，百家風采，以經典的力量呼喚文化傳承，以經典的連環綿延中華文明，我是「何其有幸」，來到美院，除了在校學習中國藝術之外，亦能就近吸取更多的中國歷史文化，真可謂：「不虛此行」也。

走出學校大門，就是南山路，路旁種植兩排高大等距離的梧桐樹，這來自法國的品種，形式統一，在從地面至一丈多高就分叉二三支斜勢往外伸展，兩邊樹枝在空中相接，在春末夏初之際，樹蔭蔽天，走在南山路上往前望去，那檸檬黃色如楓葉型而平展密密的樹葉，陽光從葉枝空隙中灑下道道金光，一幅好畫就在眼前。秋天到來，經過幾番秋風吹拂，滿地乾枯的落葉堆成小丘，剛來美院的同學，都會童心未泯的去踩踏那枯葉，聽那卡滋卡滋的碎葉聲，經過寂靜的長夜後，兩旁街道又恢復一片潔淨，早起的清道工已完成了當天的工作。

那「如沐春風」的兩年學習生涯，留給我永難忘懷的點點滴滴。

一首隨興打油詩，不能表我內心感受於萬一：

南山路上梧桐樹之英姿（春季）

南山路上梧桐樹之英姿（秋季）

美院門前梧桐樹
四季風情令人醉
春媚夏爽秋冬韻
不如美院第二春

春之媚　夏之爽

秋之清　冬之韻

淳之與我在書法班上相識，她是一位極具藝術氣息的女孩，能書能畫更酷愛攝影。這春夏秋冬四枚照片是在她宿舍窗口所拍攝，可看出她的藝術造詣。法國梧桐樹，四季風景叫人迷。（攝影：賴淳之）

06 特殊人物我敬佩

1.皇天不負苦心人

與她初次見面，是在開學的第一天，留學生宿舍的長廊中，和她面對交叉而過，一聲「妳好!」禮貌的招呼，她——人高馬大、聲音宏亮，看來是坐三望四的年齡，聽聲音，好像是我的鄉親，來自臺灣。第二次相遇是開學幾天後的午餐時間，上宿舍的樓梯口，她手中捧著一個大瓷碗，行色匆匆，一聲「妳好!」後又多加了幾句話「我是去餐廳買飯，一個人在餐廳吃飯不習慣，也會難過的。」這位大姑娘沒準是想家了。第三次相遇是一個週末在學生洗衣間，她一看到我，就像見到了親人，開口第一句話就是「妳知道嗎？那天端回滿碗的飯菜回到宿舍，看到這飯菜攪和在一起的午餐，眼淚不自覺地就流了下來，怎麼樣也嚥不下去了」說著，眼淚已在眼眶裡打轉，看是高頭大馬，似獨立、自主，言下，還真是個嬌嬌女呢！我拍拍她的肩膀，也給了一些安慰「不要難過，以後如想找人陪吃飯，來敲我的門，我住在430房間，有事也可來找我，」一副長輩的口吻。這位小姐，還真不簡單，不到一年的時間居然來個「孟母三遷」似的三次換房，終於搬到我的左鄰，成為鄰居，知道她在上油畫基礎班，心想這位大妹子，莫非和我一樣，興趣使然，來這名校打個滾，沾點藝術氣息吧！經常看到她高大的個兒，斜挎個黑色大書包，快樂得像隻小鳥，飛出飛進，往往是先聞其聲，後見其人，聲音大，中氣足，將她率直、豪爽的個性，表露無遺，後來慢慢熟了，才知道她是「離家，棄子」，來杭州美術學院圓夢的——完成大學學業。讀大學，原本不是一件很難的事，尤其是現在，海峽兩岸，大學生如過江之鯽，但對她而言，年齡已過 40，有家有眷，專業為油畫，考大學就不是這麼容易了。

她在一個偶然的機會來到杭州，找到美院，交上油畫作品，這麼，大學之門已為她開了一半，另一半，就要靠自己的努力了。插班進入本科大學部，必需參加多項高考考試，如：文化課程、專業課程，等等。就是英語、數學也是必考科目，當她決定參加考試後，就「足不出戶」整天埋在書堆裡，與頭懸樑、錐刺股的古人亦可一比了。在此同時她請了一位家教，指導她如何唸書，如何考試，如何抓重點，滿屋子貼滿了「大字報」，各種顏色勾出重點記憶。每天，只要一張開眼，映入眼簾的就是考試內容，不但如此，宿舍內各項傢俱用品上，也貼滿了該項物品的英文單字，她真的是「破釜沉舟，志在必得」了。如此積極的精神，使我敬佩。但是，如此長時間的「閉關自守」並非良策，在一個週末的下午約她出來，去西湖走走，曬曬太陽透透氣，我們走走、看看、聊聊，最後在湖邊的一個石椅上坐了下來。看著遠遠的山脈，靜靜的湖水，也勾起了她的回憶，「楊大姐，妳要不要聽聽我的童年故事?」「好啊!」我答道。沒錯，太長時間關在屋裡，腦中除了一些乏味的文學、史地，枯燥的數學、外語，是應該放鬆一下了，我聆聽著，沒插嘴，讓她隨著她的時光隧道慢慢地道出那「灰姑娘的故事」。

「我出生在臺灣北部宜蘭的一個小村落，村民們多半是以打漁為生，父母親沒唸過書，為了想生個兒子，就這麼沒完沒了地生了 7 個女孩才罷休。我是排行第六，因為家境不是很寬裕，家中的老四、老五和老六都送了人，四姐五姐，朋友都收留了，唯有我，長得又瘦、又醜、又愛哭，有如蟬兒般，整天叫個不停，我的乳名也就叫阿蟬，結果慘遭退貨，收養人不喜歡我，送了回來，父母親看了我就煩，總得想個法子把我弄走，母親想了一個好主意，結局一定是皆大歡喜。村內有一屠宰場，每天一大清早，豬販會來收購宰好的豬隻，再送到市場去零售，如果我運氣好，被豬販撿走了，那我將終身享不完的吃豬肉福（打漁人家，能吃到豬肉，乃高級享受），『謝謝爸媽，對我的愛心』。豬一隻一隻被殺的慘叫聲，和我被棄的哭吼聲，雙聲混雜在一起，如同劣質交響樂，無人欣賞，沒人注意。當然，誰也沒發現我的存在，最後，我的命運還是回到父母的『懷抱』。

「從此以後，我就變成父母的眼中釘、肉中刺，為了討好父母，8 歲時就會賺錢貼補家用，替村裡小朋友送便當，到理髮店當小工，所有工資，全數交給母親，小學畢業後還想繼續唸書，但父母不同意，他們認為女孩子讀書沒用，嫁個有錢丈夫才重要。這時映入我的腦中，一是錢，一是『嫁個好丈夫』，雖然當時年紀很輕，但我知道，想要出人頭地，一定要多讀書才能賺大錢，所以做一個『大學生』的美夢就深深在我內心紮下了根，烙上了印，至於『好丈夫』，當時我對它的詮釋只是有知識的白領階級。因為父母沒讀過書，收入微薄，整天吵架，『貧賤夫妻百事哀』，多麼沒趣的婚姻啊！雖然母親也常提醒我，『苦瓜種，生的就是苦瓜子』，我生長在這種環境，將來的命也好不到那裡去，我怕這種命，相信人定勝天。於是我隻身來到臺北，那時我才 13 歲。經朋友介紹，到軍中福利社理髮部當小工，這時我要謝謝父母給了我一雙靈巧的手，沒多久剪髮手藝已到了爐火純青的地步，動作快、剪得好，記得當時我一天可剪上百個軍人頭，收入自然增加不少，在當理髮師的同時，我也進入夜間初中補校，因家庭不斷干擾、再加上工作繁重，初中就在休學、復學、轉學之下，讀到 19 歲才畢業。初中畢業後，我和幾位同好合開了一家女子美容院，兼作行銷業務。除此之外，我還利用清晨空檔時間做盆景生意，早上 6 點就到花卉市場選購花苗，自栽盆景及鮮花代銷，租一貨車，親自送貨，早上幹粗活，下午做細活，晚上求學問——進了一所高職補校，一天 24 小時不夠分配。為了未來美好的日子，只有苦幹實幹，雖然如此這般辛苦忙碌，但女大十八變的規則，同樣會在我身上出現。這時的我已是亭亭玉立的美少女了」，說到這裡，她笑了，而且笑得很燦爛，「我每天穿著清潔整齊的運動服，依然能表現我的清純、可愛，再加上我的活力、誠懇、信用以及永遠面帶笑容，盆栽花卉的訂單源源不斷，從個人生意做到團體，從小商店到大企業。有一回送貨至某大企業所舉辦的慶典上，認識了我心目中的白馬王子，他是一位會計師，沒多久，我們就結婚了，婚後第二年做了母親。『金錢』、『夫婿』、『兒子』都有了，唯獨『大學』之夢尚未實現，想要考大學，勢必先要有高中文憑，因而在我 27 歲那年進入了臺北復興美工夜間部，三年後順利畢業，我對美術的喜愛就從這個時候開始。

「我的一生雖然坎坷，但努力、勤奮一樣可以扭轉乾坤」，說到這兒她話停住了，看看天色已漸暗，火紅的太陽正慢慢地從山的那頭消失，我們該回宿舍了。

太陽下山明朝依舊爬上來，花兒謝了明年還是一樣的開，坎坷的道路已走完，美麗的夢想會到來，小蟬終於在 2004 年 7 月份參加了全國高考，也順利通過，現在她正在享受她那美夢成真的快樂，祝福她！

不經一番寒徹骨，哪得梅花撲鼻香
風雨過後，方見彩虹

2. 無情遭遇有情姐

大她 12 歲的姐姐，經常帶著年僅 4 歲的她，在韓國離家不遠處的火車鐵道邊嬉戲，這天也不例外，姐妹二人，興高彩烈地又來到了這好玩的地方。她們玩著，走著，跳著……。

記得我們家剛搬來臺灣，也住在平交道邊，每當火車經過，那轟隆轟隆的火車行走聲，那拉得長長的汽笛聲，吵得夜夜無法成眠，時間久了，也就習慣了。學校放學後，我和小我 2 歲的妹妹也常去鐵軌邊玩，我們會走上那只有腳掌寬的鐵軌上，兩腳交叉行走，有如走單槓，我們很自然地，會將雙手左右打開，為的是保持身體的平衡，不容易滑落下來。我們也跳躍在那鋪設在小石頭上，置於鐵軌下，使其固定並保持兩條鐵軌平行的枕木上，每片枕木大約有 20 公分左右寬，枕木與枕木之間的距離，比 20 公分更寬一些，我和妹妹比賽著，看誰踩的枕木最多，如腳踩到中間的石子，就算犯規。那時沒遇上「星探」，不然我和妹妹一定會被選為走單槓和障礙跳的國家選手了。50 年代的孩子沒有什麼玩具，自然界的一切就是現成的玩具，如：跳房子、躲貓貓、跳橡皮筋、踢毽子等等，這樣也過了個愉快的童年（但也有例外）。

那對韓國姐妹，和我們一樣，喜歡在那寬廣而又無人無車、很安全的地方遊玩，火車來時會鳴長笛，馬上走開，不會有事的。但是事情發生了，她們和往常一樣，姐姐走著鐵軌，妹妹玩著帶來的小皮球，「嗚……嗚」火車來了，姐姐很自然地離開了鐵軌，妹妹抓住小皮球準備離開，但小皮球從小手中滑落，彈跳到兩條鐵軌中間，妹妹急著爬過去撿球……，無情的火車輾過，妹妹的雙手就這麼被活生生地切斷了……。

我不認識她，第一次見到她是在 2004 年，我剛來杭州中國美院那一年的 11 月，學校舉辦的博士生口試答辯現場。我和國畫進修班的一位日本女同學一塊去旁聽，博士候選人一一輪流上臺接受這緊張也關係著前途的口試，輪到一位來自韓國的女同學上臺，她，長得非常清秀，身材高䠷，身著白襯衫，披著一件深藍色外套，帶著充滿自信的微笑，在她經過臺前的一剎那，我發現外套袖子是空蕩的，莫非沒有雙臂？一位中年女士緊跟在旁，替她扶椅，翻論文講稿，作記錄，動作非常熟練有默契。這位同學用流利的中文、從容不迫的態度，答辯教授們的提問，非常專業，贏得在場老師和同學們的一片掌聲，這時那位中年女士，頻頻拭著控制不了的眼淚，是喜悅？是欣慰？是百感交集！……。

30 多年前，那一次突來的慘劇，她失去了雙臂，姐姐因而受到嚴厲的責備，在內心痛苦及歉疚的煎熬下，放棄了學業，願意終身照顧小她 12 歲的妹妹，從此姐姐是寸步不離，永遠陪伴在她身邊，她自小喜歡塗塗畫畫，雖然沒有了雙手，但還有兩隻健康的腳，於是乎，就開始練習用腳來畫圖，姐姐幫助她排除萬難，克服一切，雙腳不但能畫畫，能寫字，靈巧得就如雙手一般，所以也接受了正常的教育，但她還是對畫畫情有獨鍾，為了追求更高、更深的繪畫理論與技巧，姐妹倆雙雙在 1993 年來到中國美術學院進修，因語言有障礙，所以先從漢語班開始，接著專修山水水墨畫，在上學期間，姐姐總是把她打扮得整整齊齊，漂漂亮亮的，那長髮飄逸配上甜甜的臉蛋，是人見人愛。沒有雙手的缺陷，並沒有帶給她心理上的障礙，一如正常人，倒是姐姐，頭髮提早花白的她，顯得蒼老了許多。

她努力唸書，認真作畫，姐姐永遠陪在她身邊，她上學，姐姐替她背書包，拿畫具，她上課聽講，姐姐替她抄筆記，她畫畫，姐姐替她洗筆、磨墨，總之，姐姐是她的影子，她的附身，她的左右手。

進修班讀了四年後，通過研究生的考試，1997 年正式成為中國美院的學生，姐妹倆的生活還是一樣，形影不離，三年的研究生，四年的博士班，在妹妹不遺餘力的苦讀，姐姐無怨無悔的照顧，終於在 2005 年得到最高榮譽，取得博士學位。

現在她們已回到自己的國家，妹妹在韓國某大學任教，據說已有一很要好的男朋友，這時姐姐應卸下重任，輕鬆些了。妹妹殘而不廢的精神，固然令人佩服，但姐姐無微不至地照顧妹妹，犧牲了青春，獻出黃金歲月的情操，更使我敬佩心疼，還有心酸。

3. 愛到深處無怨尤

能體會上學的樂趣，除了上課，就是去學校餐廳用餐了，尤其是我，柴米油鹽醬醋茶的日子將近 40 年，一般在家裡，廚房乃是家庭主婦長駐的地方，每天張羅全家三餐，乃是女主人最重要的工作，「民以食為天」是也。來到美院，突然不用考慮「今天吃什麼?」心裡彷彿輕鬆了許多。和年輕學生們擠在一起，排著長隊，等著在十幾種菜色中選擇自己的最愛，這是多麼令人興奮的事。飯畢，只要把吃得清潔溜溜的不銹鋼打菜盆，往指定地方一送，拍拍屁股，就可走人了。

每天中午 11 點 30 分一下課，我就迫不及待地往餐廳跑，經常是獨享菜餚，慢慢品味那傳統的杭幫菜，偶爾會遇到熟人，那也就是住在同一棟樓，來自不同國家的留學生，我們也會坐在一起，邊吃邊聊，「國際文化交流」就在此地開始。有一天，和一位來自澳門的女生坐在一塊用餐，她拿出隨身攜帶的保溫杯，倒出熱水於一大碗中，她邊倒，邊向我解釋，她因患了先天性心臟病，不能吃太油太鹹的食物，所以，每一口菜都必須先在熱水中打個滾，才送入口中，餐餐如此，絕不能掉以輕心，稍不注意，就得進醫院了。每每看著她那孅弱的身子，步履蹣跚，背著一個大包，裝滿了畫紙、工具，行走在校園中，「興趣」，就有這麼大的魅力，也許學習會帶給她更大的力量。

她叫愛玲，學的是國畫山水，她的程度進入研究班是綽綽有餘，但為了不給自己太大的壓力，也就插班在大學部三年級就讀。愛玲在澳門乃知名之士，山水創作得過幾次國家大獎，有幾幅作品，還被選為當地郵票的圖案，是很有才華的一位女士。

17 年前，她找到了愛情，進入了結婚禮堂，本來是很幸福的一對，但因心臟功能屢出問題，醫生宣佈不能生育，夫家是幾代單傳，不能在愛玲這一代就斷了香火，此時這媳婦在婆婆眼裡已不再被寵愛，丈夫介於其中，日子也不好受，也許，「曾經滄海難為水，除卻巫山不是雲」，但留住這殘缺的夜夜心痛，不如將愛昇華，來個明智的抉擇，愛玲提出了離婚，丈夫在不能兩全其美下，也同意了。看來這好像是一幕悲劇，其實不然，丈夫在與愛玲離異後的第二年，又結婚了，目前育有一兒一女，夫家為了感謝愛玲的大愛，視她如同親生兒女看待，前夫對她的愛，轉換為無盡的關懷與照顧，愛玲的一切生活費，夫家全包，就連來杭州唸書的所有學雜費，也是前夫負責。第二任妻子，了解愛玲這種偉大的愛情，也從中學到了許許多多的功課，學到了心胸寬大與不自私的情懷，至於愛玲自己，她不求別的，只希望能在有生之年，繼續學習，尋找那畫中的樂趣，畫出那人間的真情，畫出那人間的大愛。

4. 含辛茹苦教女成

我們住的宿舍大樓，每天都有二位阿姨（大陸對服務性質工作的女士均以阿姨稱之，男士則稱師傅），專職清潔管理工作，她們的年紀不算很大，在四五十歲之間，我們分別以大小姨來稱呼她們。她們每天把宿舍的長廊地板拖得乾乾淨淨、一塵不染，樓梯、扶手也擦得光亮如新，留學生們如需要她們的協助，她們也義不容辭地給予最大的幫助。整個宿舍好比一個大家庭，她倆就是我們的管家，照顧我們無微不至。在大陸，因一胎制的限制，家中的孩子自然成為「寶」，小名叫「寶貝」、「寶寶」的大有人在，現在經濟發展快速，所得提高，生活品質也相對提高，對於家中這個「寶」更是寵愛有加，幾乎想把世界上最好的東西都投資在這孩子的身上，從吃的到穿的，從用的到學的，只要孩子提得出來，父母都盡可能辦到。經常在公共場所，見到一群人圍著，或追著一個小孩，「寶寶小心」、「寶貝走慢一點」之聲此起彼落，這一群人就是這位「寶貝」的父母，爺爺奶奶，外公外婆，再加上一位保姆隨行。我忽然想到，這位「寶貝」等他（她）長大後要照顧如今圍著他（她）的這群人，這壓力還挺大的，況且現在老百姓都注重營養，重視健康，長壽是必然的，當這位「寶貝」三十而立時，也是責任加重時，當今圍繞著、呵護著他（她）的人，也就是將來勢必回報及照顧的人。「寶貝」們，努力吧！希望如今是家中之寶，成人後為社會之寶，有突出表現者乃國家之寶，「國寶」是也。

二位阿姨，也都是一胎制下的家庭，各人的孩子都很優秀，尤其是大阿姨。1954年出生的她，生長在一小康之家，父母親均為知識份子，有產有業，文革開始，求學就受到影響，但也在17歲時，初中畢了業，為了配合當時的中國政策，在家中待了三年，等父親退休後才能分配到單位工作。她工作努力、負責，待人誠懇，在一偶然機會中認識了從鐵路專科學校畢業的優秀青年，80 年結了婚，一年後有了孩子，丈夫因工作關係，長年在外，這種聚少離多的日子，對大阿姨來說，雖是無奈，但也很堅強地撐起這個家。除了工作、帶孩子，還要侍候多病的婆婆，她任勞任怨、無怨無悔，每天工作疲憊，但並不影響她對女兒教育的重視，而且品德與學業並重，孩子在學校所有的問題，全部一肩扛下。其實孩子在漫長的成長過程中，難免會有預測不到的變化，家長往往不能掉以輕心，如得過且過，將來出問題就為時已晚，但如孩子的特殊優秀表現提早被發現，家長再從旁協助，那麼這孩子的前途將無可限量，大阿姨的孩子就是屬於後者。在女兒六年級時，數學的反應特強，曾代表學校參加過全國奧林匹克數學大賽，獲得全國三等獎，於是乎，大阿姨把全部心思放在女兒身上，找好學校，尋好老師，就在這段期間，因改革開放，單位轉型，因而遭受到失業的命運，後經友人介紹，來到美院當清潔工，其中的辛酸苦辣，如人飲水，冷暖自知。女兒上中學、大學都一帆風順，進了重點中學，入了浙江中醫學院。四年畢業後，進入浙江藥（劑師）學院，成為藥理研究生，取得了碩士學位後，已被美國加州一所名校錄取為博士生。女兒現正整裝待發，雖然女兒如此優秀，但在大阿姨的臉上，沒有看到半點的驕傲、得意之色，她還是做她的工、幹她的活。

每天早上在我走出房門上學之際，大阿姨已拿著重重的拖把，從長廊的那一頭，背對著我，拖一把，退一步，靜靜地拖著地，努力地拖去昨日的塵埃，見到了今日的光潔、明亮，大阿姨！妳的人生已是苦盡甘來，過去的人生道路，雖然走得很辛苦，但豐碩的果實就在妳的眼前，祝福妳！

07 緣份認識新朋友

緣份這二個字，在世界上是存在的，不然在茫茫人海中，有人與你只是擦肩而過，有的則與你相知相惜。人生猶如走馬燈，不停的轉動著，來來往往是那麼的自然，人與人之間彷彿有著那命中注定的機緣，不知在什麼時候，在什麼場合，會發生某種聯繫的可能性，一切的一切，都無法預料。我自己出生在中國上海，求學成長在臺灣，中年以後的生活則是在美國渡過，最後兜了個大圈子，在 55 年後讓緣份把我拉回童年生長的地方，回到了原點，真正能體會那「少小離家老大回，鄉音已改鬢毛也催」的心態了。

來到杭州，在舉目無親的情況下，除了上課、學習，生活原本是呆板而沒有變化的，但自認識了阿民（全主任），給我帶來了許多當地年齡相仿的朋友，因為有了這些朋友，我在異地他鄉的生活豐富了，也多彩多姿了，她們經常利用假期週末陪我去踏青、喝茶、散步、唱卡拉 OK ……，所以杭州附近景區幾乎都有我們的足跡，各大小餐館也有我們的蹤影，「錢櫃卡拉 OK」也是我們愛去的地方。

和新朋友們在一塊，我對杭州有了多方面的認識與了解，我們去過各式各樣的餐廳，有的高級如皇宮般金碧輝煌，從建築、燈飾到內部色彩搭配，氣派非凡，就連女服務員的服飾亦如宮女般。她們在大廳中飄逸穿梭行走，個個是如花似玉、笑容可掬，自己猶如置身於皇宮大殿，不知「今夕是何夕」? 當你一進入這類餐廳，眼睛必然為之一亮，胃口可能也為之大開，當然免不了的也要付出大把大把的鈔票了。另一種餐廳則是以禮貌取勝，當你一踏入餐廳大門，就有二位打扮入時、美麗的服務生給你來個日本式的大禮，耳上掛著對講機深深的一鞠躬，「歡迎光臨，請問有幾位，……我怎麼稱呼您」「請這邊上樓」。這時就有另外一位服務員招呼您上樓，在上樓梯時，一路叮嚀，「小心上臺階……」「這兒是轉彎處」「這是最後一層階梯，小心」上了樓，已接到訊息的另一位小姐笑臉迎人的，已知道來者何人，「楊阿姨，這邊請」，接著就是楊阿姨長、楊阿姨短的叫得倍感親切，有賓至如歸的感覺。吃飽了，付完帳了，同樣有服務員陪同下樓，同樣的叮嚀送出了大門，一個大鞠躬「歡迎下次再來」，那種被侍候、被尊敬的感覺真好，一付大爺模樣出了餐廳大門。大門外面的世界就不一樣了，車水馬龍的街道，想過個馬路，還得和車子較量，此一時彼一時也。還有一種餐館是以菜餚特色為招牌，有二家麵館讓我的印象最深刻，第一家，是進門兩邊柱子上的對聯吸引了我，「三碗二碗碗碗如意，萬條千條條條順心」，很有意思，也很貼切，真的很想多去幾次，多吃幾碗。另外一家則是「二十公斤上好的原骨，六公斤的火踵，加上九佰碗秘製香料包，沸騰二佰四十分鐘，經過獨特的熬製過程，擁有醇而不膩、鮮香順滑、回味悠長的真味」。這則廣告給人強烈好滋味的印象，怎能不口齒留香，回味無窮呢!

杭州有「綠茶皇后」美譽的「西湖龍井」，已有 1200 多年的歷史，以其「色綠、香郁、形美、味甘」堪稱四絕，它色澤綠中帶黃，有一股豆花的清香，雖然不很濃郁，卻有幽幽的淡雅風格，沖泡後顆顆茶葉徐徐舒展，彷彿朵朵綻開的蘭花，喝上一口茶水，你會感到齒頰留芳。中國的文化資產，除了眾所周知的古物、古蹟、民族藝術、民俗、自然文化景觀等外，如今品茗亦列為典型的東方文化——中華茶文化，尤以龍井茶蘊含著極為深厚的文化和人文精神。上茶樓不僅是享受喝茶的樂趣，它休閒、自在，但更能感受茶文化的精神所在。

如今杭州飲茶之風極盛，大大小小的茶樓遍佈杭城大街小巷，有室內、也有室外的，有臨湖邊、也有在山丘上的，林林總總，不同的情調，不同的感受，各異其趣。有一回我們浩浩蕩蕩的 10 個人，包了一輛中型遊覽車，驅車前往梅家塢茶文化村，這兒是「西湖龍井」茶葉產量最多的自然村落，周圍山坡有大批茶園，具有濃郁江南文化氣息，整個村落青山環抱，翠繞珠圍，白墻黛瓦，小橋流水，綠茶飄香，是品龍井茶、吃農家菜的好地方，很多遊

梅家塢喝茶

客，都是慕名而來，人氣之旺，可想而知。往日平凡的茶農，如今因改革開放、經濟起飛，短短幾年就已是富足、繁榮，「茶」能帶來如此巨大的變化，農村的老百姓，萬萬也沒想到。我們信步行走在層層茶梯的小道間，深深地吸了一口氣，那清新的茶葉香，直入你的肺部，這是城市間無法享受到的。在杭州名勝——虎跑泉喝茶，

感受又不一樣了，特色在於泉水的水質，它號稱是西湖第一山泉，與龍井茶被譽為「西湖雙絕」，水質清冽甘美，有較大的分子密度和表面張力，我們一行人，圍著服務生看她當眾示範，她在盛滿水的杯子中輕輕放入硬幣，硬幣能浮在水面不沉，即使水面高出杯口達三公分，水也不外溢，於是乎，我們挑了在茶樓外的一小亭坐下，在那群山環抱、迷人的山野風光中，喝著那「西湖雙絕」的茶水，夫復何求？另有一個有趣的喝茶地方是在六和塔，這是錢塘江畔的千年名塔，和滔滔錢塘江相倚相望，江風古塔，境界本來就高出一層，登臨眺望，更是目窮萬里，它在西湖名勝中獨領一番風騷，歷來為杭州重要的標誌性建築之一。六和塔一日遊，是必然的行程，我們在一個風和日麗的四月天，來到六和塔名勝區，進入景區內，彎彎曲曲，斜斜陡陡走了一段路，也爬了一些臺階，最終找來一茶室準備休息午餐，哪知，映入我的眼簾的，居然是隨著高大樹木，樹蔭蔽天的排列造型下，擺著一大圈無數的麻將方桌，四人一小組，已在那兒廝殺戰起來了，情景頗為壯觀，這時我聯想起美國拉斯維加斯賭場，各種賭具，讓賭客們各投所好，各展所能，拋開繁瑣雜事，在此輕鬆、休閒一下，亦不失為調劑生活的一種方式。這兒我把它比作小號的中國拉斯維加斯也不為過，雖然人數很多（近百人），但不吵雜，這種鬥智遊戲，分心不得，因好奇，走近瞧瞧，方桌四角各有一茶几，几上每人一杯龍井香茶，小點數種，吃吃、喝喝、玩玩，再加上動動腦，也算一大享受。聽說這些人經常來，一大清早先來個爬山運動，做做各種體操，10 點多鐘上了麻將桌，下午 2、3 點回家。看來真是不錯的安排，先肢體運動，而後來個腦部運動，午餐也包了，來者多半是退休者居多，我看是退而不休，早出（晚）歸，不就像上班一樣嗎？很有意思！打聽一下，這一整天，連吃帶喝帶玩，花費也不過 12 元人民幣，多合算啊！朋友問我要不要也來幾圈麻將，我說好啊！入境隨俗唄！但我心不在焉，東張張西望望，看看那磚石砌築六和塔的塔心，歷經 800 多年的風雨，依然穩如泰山，望望那遠處的錢塘江大橋，歷經抗日之戰後的重建，依然雄峙江上，我思接八方，心緒百道，感慨千秋，這場麻將那有不輸的道理？幸好是玩玩的，不以勝敗論英雄也！

茶也喝了，麻將也打了，山也爬了，又是充實的一天。

2006 年的第一場雪在 2 月 18 日（農曆正月 21 日）降下了，這兒的朋友告訴我「春雪易融，不沾腳，不易結冰」，建議第二天去超山賞梅，這天剛好是週日，大夥都有空，我興奮得起了個大早，拉開窗簾，那羞答答的太陽已躲在薄薄的雲層中，漸露曙光，美好的一天又將開始。

超山的梅花，幹粗、花多，故而開花時候，香氣能遠傳到十里之外，有「十里梅花香雪海」之譽。因為剛下過雪，天氣還是寒冷，所以遊客並不太多，我們可自由舒展我們的身心，慢慢蕩遊在梅花樹間，梅花的香氣潛潛幽幽，使人陶醉得有詩情，梅枝穿插造型頗有畫意，詩情畫意，多麼美麗的一幅畫啊！這時腳底踩著那尚存未化盡的殘雪，抬頭看著那未曾相識的蠟梅，

「雪霽天晴朗，

蠟梅處

這就是蠟梅

處香……伴我書聲琴韻，共度好時光」，真是「踏雪尋梅」的最佳寫照。這是我第一次見到蠟梅，過去我還以為它因為是在臘

超山觀梅

月開，所以稱「臘梅」，今天才知道，蠟梅就因為看來像用「黃蠟」做的，此「蠟」非彼「臘」，真是孤陋寡聞，趕緊請朋友替我在一棵長滿許多小黃花的樹前留影，此「蠟梅」是也。

離開超山，順道去餘杭區的中國江南水鄉文化博物館參觀，我問小雲「這個博物館展覽什麼？以什麼為主要展示？」小雲操著浙江口音答道：「它展示良渚文化精美玉器珍貴文物」，我帶著懷疑的口吻又問道：「梁祝文化？精美樂器？記得在 45 年前，由香港電影公司製作的梁山伯與祝英台的黃梅調電影在臺灣上演，不知風靡了多少影迷，我母親也是其中之一，我陪她看了不下 5 次之多，所以別的學問我不敢保證，梁祝的故事我瞭如指掌，沒什麼『樂器』珍貴文物之類的文化，而且在杭州的萬松書院已有詳細的介紹，那也不過是一齣淒美的愛情故事罷了，有那麼大的魅力設博物館？」我講得讓小雲一愣一愣的，丈

中國江南水鄉文化博物館

二和尚摸不著頭腦，是「良渚文化的玉器」，小雲又重覆用那浙江口音說了一遍。之後我和她又是一陣雞同鴨講，這時在一旁的小蘭搞清楚了是怎麼一回事，說道「良是良心的良，渚是三點水，右邊一個者字的渚」，又指指她自己手腕上戴的鐲子，「玉器就是這個」，這時我和小雲笑彎了腰，差點氣都喘不過來，怎麼中國人的語言，在面對面的談話竟也有如此大的差距?!

和這麼多的有緣人相處近二年的時間，其中是歡樂多多，趣事連連，給我帶來許多值得回憶、永難忘懷的時光，也使我的見識增長不少。

08
杭州處處都是景

杭州是出了名的美，一大半是有了西湖，西湖之美又不僅美在湖光山色，也美在人文神韻。但如何的「美」，美到什麼程度則不得而知，今天有緣來美院求學，更有幸的是美院學府坐落在南山路，西湖景區「柳浪聞鶯」的斜對面，在近水樓臺的優勢下，西湖就好比我家的後花園，晨起運動，黃昏漫步，來去自如，樂在其中。西湖三面環山，一面臨城，沿湖綠蔭環繞，花團錦簇，亭臺樓閣，美不勝收，春夏秋冬景致不同。春日：「楊柳絲絲綠，桃花點點紅」（藝術歌曲「問鶯燕」曲中句），奼紫嫣紅，令人賞心悅目。夏日：接天蓮葉無窮碧，映日荷花別樣紅（宋代詩人楊萬里的名句），真是對夏日西湖的絕佳詠讚。秋日：黃葉舞秋風，秋風掃落葉，一夜秋風景，綠葉已變黃，在冷風吹來，樹葉飛舞在半空中，就像蝴蝶般飛舞著，一首流行歌曲「兩隻蝴蝶」有那麼一句「等到秋

畢竟西湖六月中，風光不與四時同。接天蓮葉無窮碧，映日荷花別樣紅。

晴湖不如雨湖，雨湖不如雪湖

風起，秋葉落成堆，能和你一起枯萎也無悔」，也算是淒涼的美。冬日：「晴湖不如雨湖，雨湖不如雪湖」，冬季神韻獨具的「雪湖」更現朦朧詩意。再者，斷橋殘雪的意境，靈峰探梅的遐想，即便是臨冬，杭城景致絕不蕭條寂寞，蘇軾說得好：「西湖天下景，遊者無愚賢，深淺隨所得，誰能識其全?」除西湖外，錢塘江的觀潮，京杭大運河的悠揚古韻，以及環繞西湖周邊那數不盡的名勝古蹟，會讓你目不暇給，目酣神醉啊！西湖之美，在於自然神秀，麗質天成，亦在於人文和自然景觀的巧妙融合，真可謂「淡妝濃抹總相宜」，「古今難畫亦難詩」。

人說：「江南憶，最憶是杭州」，我說：「杭州憶，最憶是：①滿隴桂雨②夜遊西湖③十里郎當④蘇堤春曉等四景。」

1. 滿隴桂雨

今年的夏天似乎較往年長，熱得讓桂花遲遲不願露臉，經過今天的一陣大雨，氣溫下降了許多，秋天真的來了！躲藏已久的桂花蜂湧而出，渲染出秋之炫美。

桂花是杭州的市花，所以市區、街邊、小巷、民宅，到處都可見到她的蹤影，也能嗅到她的芳香，而杭州最佳賞桂區之一在「滿隴桂雨」景區，那兒的桂花多如雨般，令人嚮往，於是杭州幾位年齡相仿的新朋友相約前往一遊。

滿隴乃一小鎮名「滿覺隴」，位於杭州

丹桂樹下四美圖

西南高峰南麓一峽谷中，吳越時期的僧人們在此種植桂花，風氣漸開，漫山遍野桂飄香，有「金粟世界」美稱，後經政府有關單位特闢一「滿隴公園」供遊客觀賞，現園內有 7000 多株桂樹，品種近一百種之多，但以金桂、銀桂、丹桂最為普遍。每年秋風時節，花香溢谷，香飄十里，故得名「滿隴桂雨」。古人讚賞這裡的美景云：「西湖八月是清遊，何處香通鼻觀幽？滿覺隴旁金粟遍，天風吹墮萬山秋。」

幾度金風涼雨，漫山坡的桂花競相開放，山風起處，花朵灑落，密如雨珠，使賞桂人出入桂樹叢中，沐「雨」披香。我們率性的如孩子般奔入桂叢，把頭鑽了進去，沾上滿頭細細碎碎的桂花瓣，紅紅黃黃的，如赴盛宴般，美呆了，大夥相互笑著，看著，燦爛美麗的笑容浮在多皺紋的臉上，「青春」又重現了。

國樂大合奏「八月桂花香」，左二為筆者。

沿著桂樹夾道的小徑上，走著，跳著，哼著「八月桂花香」的曲調 $\dot{1}$65、656$\dot{1}$5、5612653 52321……，我不禁憶起有一年在美國洛杉磯爾灣市市政府新年晚會上，我們的國樂團演奏了好幾首中國名曲，「八月桂花香」也是其中之一，當時我是該團的團員，擔任古箏部分，那晚的演奏讓當地美國人聽得如醉如痴，沉醉在高雅優美的旋律中，傳統的中國文化精粹是我們炎黃子孫永遠的驕傲。回憶又隨著時光隧道來到了童年時期最愛吃的桂花豬油年糕，桂花甜酒釀——記得每當過年辦年貨，我總黏著媽媽看她細心挑選，我問道：「媽媽，怎麼挑呀？」「挑桂花多的啊！」這時媽媽總會帶著微笑又滿足地答道。而食用桂花製的食品的習慣在舉家遷往臺灣後依然保留著，臺北「上海老天祿」老店，則是母親辦年貨最愛去的地方，她依然細心挑選桂花頂多頂好的那份。在臺灣極珍貴的桂花，如今卻奢侈地彌塞天地，怎能不令我心動，我戀戀不捨地拾起一些墜落的桂花瓣，用紙巾細心包著，帶回去做紀念。

步出公園不遠處，有一石屋洞景區，我們順道去遊覽一番，那兒種植了好些數百年的老桂樹，它們靜靜地相互糾纏、扶持、依靠著，形成了一個時而綠、時而黃的大帳篷，篷下放置了方桌竹椅，遊客們可在此品茗、聊天、抑或用餐、打牌、下棋。當時正值午餐時刻，在篷下角落的一旁有一對年約八旬的老夫婦正在慢慢地、靜靜地享用簡單的菜餚，如桂樹般靜靜地扶持依靠著，幾十年的相處，彷彿彈指一揮間就凝固成永恆——彼此間的默契就在一個眼神，一個動作，那麼溫馨自然，一切盡在不言中。

走出石屋洞，我們已是飢腸轆轆，沿街尋覓餐廳之際，也看到了農家的現貌，他們已不是「茅簷低下」而是「高樓聳立」，由於是景區所在，所以餐廳塞滿了整條街，處處都是高朋滿座，富足、喜樂已寫在他們的臉上。有些店中還有樂手即興演奏，客人可上臺演唱，賓主盡歡，熱鬧非凡。最後，我們選定了「桂花山莊」餐廳，除了品嚐當地的農家菜外，也享受了應景的甜點——桂花酒釀、桂花藕粉、栗子桂花羹……。美好的一天就在這濃濃的桂花美食中劃上了休止符，同時也感受到老城濃郁的人文風俗氣息，正如「小城故事」所唱——

> 小城故事多，充滿喜和樂，要是你到小城來，收穫特別多……。

2. 夜遊西湖

「每逢佳節倍思親，尤是中秋月圓時」，來杭州沒多久，人還沒來得及適應這「異地」的水土及風俗民情，中秋節就這麼匆匆地來到眼前。我的新朋友阿民體諒我這遊子的心境，除了送來杭城優質月餅及水果外，她的先生小龍、女兒文文，也一塊來陪我過節。最佳、最美的賞月方式，莫過於夜遊西湖了。十五的月亮雖圓，但不及十六，且十五的遊客太多，不如十六來得寧靜，所以相約十六晚共進晚餐後，信步來到西湖畔，租一小舟，四人兩兩相對坐著，他們帶來了應景零食、水果，我們聊著、吃著，暮色漸降人漸稀，船兒離開了岸邊，6.78 平方公里大的西湖已不見人影，我們不僅包了一葉小舟，似乎也包了偌大的西湖，同時也擁有那高掛月亮所帶來的光芒，昨日的喧囂，今日歸於平靜，但平靜得有點出奇。

船夫邊搖著槳，邊用那低沉帶著浙江口音的嗓子，娓娓道出那古老的傳說，我們靜靜地聽著，遠遠岸邊茶樓不時傳來古箏音樂聲，我們醉了。望著遠處圍繞西湖的寶石山、鳳凰山、寶俶塔、雷峰塔……，閃爍的彩燈勾勒著它們，夜深了，它們還裝扮得如此美麗。船划至湖心靜謐處，船夫話停了，船也停了，這時湖上的清秋靜境，可感覺到點滴都無餘渣的地步，再舉頭望天上的明月，也愈感受到她的幽深，這一刻，我以為世界上再沒有一處比西湖更美麗，更沉靜，更可愛的地方了。它包涵著虛無縹緲的空間和天空相接，一片清澈，真有所謂「彼此會意，心照不宣」的境界。船夫休息片刻，又搖起木槳繼續往前行，不知不覺來到「三潭印月」，三座寶瓶形的小石塔歷歷在目，石塔內有五個圓孔，內置明燈，倒映湖中，形成滿月處處而真月假月難解難分，這時船夫又打開了話匣子，述說那傳說中的三十三個月亮，但他賣關子，要我們自己找答案，三十三個月亮如何而來？大夥用心地努力數著，天上一個月，湖面一個月，三座石塔十五月，倒影湖中又增十五月，怎麼數還是三十二個月，眼看著船已近岸邊，還是找不出「月亮在哪裡?」船夫這會兒得意地「哈哈哈」大笑說:「就在你的心中唄!!」上了岸，阿民問我玩得快樂嗎?「此景只應天上有，人間難得幾回遊!」我答道。

回到宿舍，久久不能成眠，思索心中的那個月，如何自我詮釋，那就因人而異了。古代文人們望月懷遠，唐朝詩人李白的一首〈夜思〉:「牀前明月光，疑是地上霜，舉頭望明月，低頭思故鄉」，從霜見月，從月起思，意思層出不窮，宋朝東坡居士蘇軾寫道:「……人有悲歡離合，月有陰晴圓缺，此事古難全，但願人長久，千里共嬋娟」，情與理的矛盾，但最後還是不離現實，是有健康感情的一首名作。德國作曲家貝多芬以「月光曲」創造了一個美妙的世界，也表現了生命的張力。中國歌曲如「花好月圓」，形容團圓之美，「月下祈禱」則表現祈禱的誠心，還有一首「母親」之歌:「母親像月亮一樣，照耀我家門窗，聖潔多慈祥，發出愛的光芒」，把母親的偉大表露無遺。在寫作中，月亮還可渲染氣氛，譬如：在那「月黑風高」的夜晚，打更郎強撐著如灌了鉛般的眼皮，恍恍惚惚地拉長腔:「二……更……了」，忽然，不遠處的一座空屋內傳來一聲毛骨悚然的尖叫聲……讀者會隨著「月黑風高」身歷其境。如果形容人的夜間趕路，早出晚歸，勞苦奔波，則「披星戴月」又是一個恰當的形容。至於畫家，對月亮的掌握，完全操之在己，時而明，時而暗，時而圓，時而半，任憑畫家在他們的作品上用月亮的形狀、明暗，來表示畫面的意境。至於科學家對月亮的詮釋就沒有那麼的詩情畫意了，他們是硬碰硬，單刀直入，就在 1969 年「美國太空人」阿姆斯壯 (Neil Armstrong) 登陸了月球，當他踏上月球的第一步時，曾說了一句振奮人心的話:「我的一小步，就是全人類的一大步」,從此月亮的神秘面紗終被揭穿，但月球坑坑疤疤的表面，並沒有影響人類對她的遐思幻想，「嫦娥奔月」、「吳剛伐木」的古老傳說，依然在民間流傳著。

你問我，我如何詮釋心中之月呢?「你去想一想，你去看一看，月亮代表我的心……。」

3. 十里郎當

一開始就被這奇特的景名而吸引，同時也為了要考驗自己的體力與耐力，要求新朋友們陪我走一趟「十里郎當」。郎當嶺自古以險峻難行著稱，之所以稱「郎當」乃指只有血氣方剛、力強膽壯的年輕人(「郎」)，才可擔「當」攀越這段「左迫峻峭，右臨深淵，古道崎嶇，路面不平」的山道重任，它全長雖不及十里，但為西湖山嶺古山道現存距離最長、地處最高者。

「明知山有虎，(不) 向虎山行!」幾位不勝體力的朋友紛紛打了退堂鼓，最後只剩下阿民、小雲及我，三人小組頗顯孤單。最終，阿民及小雲的先生小龍、小韓願同行陪伴，我們有了二位護「花」使者，對這趟艱鉅的行程總算安了心，壯了膽。我們推派小韓做全盤策劃工作，他在家認真地作好功課，把行程及交通工具都安排妥當，行程最刺激，最有趣，同時可順道遊賞其他景點。交通工具則為公共交通車(公交車)。於是，我懷著兒時遠足的興奮買了背包，裝上點心、糖果、話梅，還有牛肉乾等，腦中浮現出那將近 50 年前，高中時代到新竹獅頭山登山遠足的情景，我們從山的這頭走到那一頭，已不記得耗了多少時間。總之，花了很長很長的時間，也走了很長很長的路，回到家裡，好似二隻腳已不屬於自己了。50 年後「重作馮婦」，2005 年 5 月 28 日早上 9 點，大夥在平海路車站集合，搭 27 路公車至風篁嶺上的龍井山園下車。小韓立即以導遊身份開始給我們解說，這裡是地勢最高、鳥瞰杭州的最佳點，沒錯，幾乎有 180 度的廣角將杭城西湖盡收眼底。沿小路下坡來到「龍井十八株御茶」，相傳是乾隆皇帝遊江南在龍井村獅峰下封了十八棵「御」樹，這裡土壤，茶農們稱作「白沙土」，含有適於龍井茶生長的多種營養成份，加上四周峰巒環繞，常年雲嵐滋潤，具有得天獨厚的地理環境條件，尤以採於清明之前的「明前茶」最為珍貴，是西湖龍井的極品。今年年初為此特有一盛會，拍賣此極品，最後

挑戰體力，就從這兒開始

十八棵御茶前留影

以每兩人民幣 16 萬元成交，真是「天價」啊！為了和乾隆皇帝沾一點邊，在「十八棵御茶」前也留了個影。

韓導遊又帶著我們走過那曲曲折折的小路，來到一山腳下，他指著那高高的、遙不可及的一小群人沿著山邊行走的身影，「瞧！那就是十里郎當！」「哎喲！怎麼這麼高啊！」我們異口同聲地答著。「對！就是這麼高，這是我深思熟慮後才安排的，是上十里郎當最艱辛的一條途徑，它會給你們留下難忘的回憶。」看看那不規則的陡

小憩片刻，村落民房已在我們腳下

峻石階，真是高又陡。「行嗎?」自問著，不爬不知道，爬了才知道，那就卯足勁爬吧！總算在走走停停，停停走走之後，十里郎當出現在眼前，這時重頭戲才開始，小韓說了一些有關郎當嶺的歷史。自南宋後，由於上山進香的香客往來踐行，善男信女等募緣捐修，郎當嶺上漸漸形成傍山脊，穿林壑的寬敞道路，但路面變化多端；有時鋪著石磚塊，有時卻是小石砌成，為了維持古道的古意，天然去雕飾的泥路一段段，有如樵夫走出來的。山路迴旋多變，於是山之向背造成了時陰時陽的景色，一日之內，一山之間，氣候不一，有時感覺「春光融融」，有時卻似「風雨淒淒」。行行復行行，來到了「五雲山」，山頂為古道「十里郎當嶺」南端終結處。這裡山峰相連，竹木滋潤，山上山下溫差明顯，氣流因地勢移動和交匯，常年有山地雲生成，加以陽光照射，於是靄靄雲彩，五色紛呈，因而得名。五雲山頂，尚存吳越佛寺真際

寺遺址，寺前有西湖頭號古樹——1300 歲的銀杏，它閱盡人世滄桑，依然鬱鬱蔥蔥，它堅毅不屈地經歷了人間種種變易，走過冰河時期，走過滄海桑田，別的樹種、生物都倒下了，它卻依然屹立如故，只要一息尚存，那怕是懸崖峭壁，絕嶺險峰，它都能焦土逢春，悠然長出新芽，而且，無懼風雨，一生就上千年。據中國有關單位言，銀杏樹將會被選為「中國國樹」，那麼它與那「冰雪風霜它都不怕，它是我的國花」——梅花一樣，不也是實至名歸嗎?「滄海橫流，能顯英雄本色」，我們「爬」「走」十里郎當的疲憊與艱辛，瞬間已被習習山風吹得煙消雲散，在愉快的呼吸間，腳步不覺也輕快許多，全身上下的細胞也隨之跳躍起來。

不知不覺來到五雲山西麓的「雲棲竹徑」。相傳五雲山飄來的五彩雲霞常在此棲留，故名「雲棲」，以「綠」、「幽」、「雅」為特色，在人工匠氣頗濃的西湖景區，雲

翠竹如雲，古木參天，秀竹萬竿

棲自有一股高雅清幽，脫俗不凡的氣質，一道幽徑，曲曲彎彎伸入山谷深處，它翠竹如雲，古木參天。秀竹萬竿，匯合成浪濤滾滾的綠色海洋，古詩云:「萬千竿竹濃蔭密，流水青山如畫圖」，道出了雲棲的特

色。深深吸入那清新的空氣，置身竹林中的那股感覺，此時此刻我已沒有更美的辭彙來形容了。

從「十里郎當」的驚險、刺激，到「雲棲竹徑」的秀美、溫馨，這剛柔並濟的完美遊程，正如小韓所說「會留下難忘的回憶。」

徜徉其中的我們，此時亦能體會到唐代詩人王維「獨坐幽篁裡，彈琴復長嘯；深林人不知，明月來相照」的心靈感受，雲裡霧裡，夢中雲外般的景色為我此行點染上虛靈的一筆。

4. 蘇堤春曉

記得在臺灣唸初中時，看過一部外國電影，片名叫《翠堤春曉》，高中時，這部片子重新拷貝，又上電影院看了一次。它是一部音樂片，描述奧地利作曲家，亦被稱為「圓舞曲之王」的小約翰・史特勞斯(Johann Strauss) 的愛情故事。整部片子均以華爾茲(圓舞曲)為音樂背景，主題曲「當我們年輕時」(*One Day When We Were Young*) 節錄如下：

> One day when we were young
> One wonderful morning in May
> You told me you loved me
> When we were young one day
> When song of spring were sung
> Remember that morning in May
> Remember you loved me
> When we were young one day

「當我們年輕時」悠美而動聽，風靡一時，到現在還是交際舞中快三步華爾茲舞曲的代表，故事內容亦感人肺腑，雖是

50 年前的往事，但美麗的事物，總是教人難以忘懷。

來到杭州，西湖十景中的一景，「蘇堤春曉」立刻吸引了我，它是如此熟悉，似曾相識。

在一個晴朗三月天午後的週末，杭州新朋友小雲，陪我走了一趟「蘇堤」，初春的西湖，遊人如織，扶老攜幼，堤上是人頭攢動，杭州的人真幸福，可沐浴在這春的懷抱，享受大自然的美景，只可惜人太多。不過，雖不能飽覽全景，但也看到那迎風搖曳的楊柳，初露新芽，含苞待放的桃花，初展豔姿，這二者，搭配得如此完美，彷彿是相約結伴，先試著探探頭看看，春天是否真的來了。

小雲建議改天再來，選一個不是週末的日子，人比較少，觀景的感覺也會不一樣。離開蘇堤，我們就在西湖邊隨興走走，她告訴我「蘇堤春曉」命名之原由：「北宋詩人蘇東坡任杭州知州時，疏浚西湖，利用浚挖出的淤泥構築成堤，南起南屏山麓（南屏晚鐘），北至寶石山東（岳廟），全長三公里，堤上並建有六座單孔石拱橋，它把西湖劃分為兩湖面（西湖及西里湖），也連接了南山與北山，給西湖增添了一道嫵媚的風景線，杭州人民為了紀念蘇東坡治理西湖的功績，就把它命名為「蘇堤」。後經半個多世紀的精心綠化和維護，蘇堤出落得更加楚楚動人，一年四季五彩繽紛，特別是春風吹拂的三四月間，漫步長堤，輕風徐來，垂柳散煙，紅桃含露，那「西湖景致六吊橋，間株楊柳間株桃」，是春季蘇

間株楊柳間株桃　桃紅柳綠

春天來了，這百花爭豔到處可見

堤的最好寫照，「蘇堤春曉」就是這麼來的。

為了抓住今年春季的尾巴，沒多久後，我們又來到了蘇堤。不是週末，又是清晨，所以遊客不多，蘇堤全貌盡收眼底。我們從北起上第一座橋——跨虹橋開始，這時已是花紅柳綠，鳥語啁啾，沿堤還種植了大批花草，美不勝收，真可謂花天花地花世界。這兒空氣清新，不見車輛嘯叫聲，沒有車輛污染氣，長堤跨在西湖之上，兩面湖光撩人，曉霧未散，透過柳絲遠眺西湖，盡為煙霞所掩，是山，是湖，宛如仙境，我們隨著那起伏的六橋，上上下下，飛舞歌唱著：

> 當我們年輕時，在美妙的五月早晨唱起了春之歌，那音樂是多麼動人。當春之歌迴盪，請記住那五月的早晨。

《翠堤春曉》，讓人們陶醉在那優美的音樂旋律與動人的故事情節中。

「蘇堤春曉」，讓人們陶醉在那桃紅柳綠的詩情畫意與六橋起伏的嬌媚動人裡。

09
溫馨關懷永記心

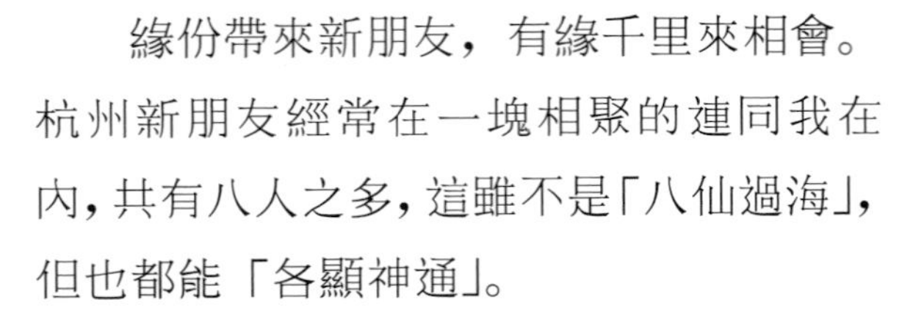

緣份帶來新朋友，有緣千里來相會。杭州新朋友經常在一塊相聚的連同我在內，共有八人之多，這雖不是「八仙過海」，但也都能「各顯神通」。

阿民是我們這一群的靈魂人物，凝聚的中心點，沒有她，二年來的友誼活動，可能會是零。我常說：「認識了阿民，就等於認識了整個杭州。」只要我有一絲念頭，想看什麼、想去哪裡，她總會想盡辦法如我所願。

2004 年 9 月來到杭州，巧逢第十屆全國美術展，各畫種分區分別展出，中國畫展區設在杭州，將近 600 幅從中國各省精選參加比賽的佳作，一一呈現在我的眼前，看得我眼花撩亂、目不暇給，也看到了當代美術創作繁榮發展的面貌，以及中國美術家對藝術的追求與探索。「全國美展」是中國規模最大、最具權威的綜合性美術展覽，成為孕育優秀美術人才的搖籃和推出優秀美術作品的重要管道。無獨有偶，第七屆中國藝術節，也同時在杭州展開序幕，這是一場群眾文化和藝術精品薈萃的盛會，也代表著中國藝術的最高水準。我白天忙著上課，晚上阿民陪著我看節目，有太多太多的中國文化藝術是我前所未見的，如越劇、二人轉、各族的舞劇、民俗表演……等等，如今是大開眼界，過足了癮。2004 年杭州難得的二大盛會，都不約而同地和我同時來到杭州，阿民開玩笑地對我說：「杭州是在歡迎妳的到來」，平時我走路已經夠挺的了，這下子，更把背脊骨挺得直直的。我是何其有幸，這麼好的機緣被我碰上了，俗語說得好：「來得早不如來得巧。」

我比一般的留學生要幸運得多，除了有學校的關懷與照顧外，阿民不定時的噓寒問暖，使隻身在外的我，倍感溫暖。記得剛來杭州那一年的冬季，氣溫降到零度以下，這是有記憶以來從沒感受過的「冷」。阿民怕我身體不能適應，特在家熬製了「山東阿膠」，就是用驢皮膠加黃酒，用小火熬8個小時，後加磨成粉狀的黑芝麻、核桃、冰糖，再燜一會兒而成的膠狀體，它可以補血，禦寒。這製作過程的費事暫且不說，阿民因急著想替我送來進補，大寒天的，雙手捧著滾燙的鍋子，邊走邊找計程車，一路上就沒搭上車，結果耗了半個多小時才「走」到我的宿舍。這份友情、關懷，怎不叫我感動！這就像那冬天裡的一把火，溫暖了我的心。「人間有溫情，四季皆如春」，杭州的冬天對我而言是不會再寒冷了。

2005年陰曆2月17日是我滿65歲、進入66歲的日子，杭州有一個非常有趣的傳統風俗，壽星必須接受子女親手烹調的68塊肉，一塊拜天，一塊敬地，剩餘的66塊，自己得全數吃下，寓意六六大順，從此福泰康寧。我一聽之下連連搖頭「萬萬使不得！」本來就不太喜歡吃肉的我，要我一口氣吃上66塊肉，那不得病才怪！後來才知66塊肉，只在乎數量，不在乎大小，那還好。這種習俗本來應該由子女來烹調，但我的子女都在美國，只有由阿民的女兒文文代勞了。阿民特別叫我放心，她會替我買最精瘦的小里脊肉，切得最小，吃不壞人的。好吧！只有恭敬不如從命，入鄉隨俗唄！

陰曆2月17日剛好是星期六，上午

文文（右一）與她的母親全為民（左一）

11 點多，文文陪著媽媽，送來了一大籃的食物，除了肉外，還有一個景德鎮出產、印有「萬壽無疆」的飯碗，裡面裝了滿滿的白米飯，以及一大盒的家常小菜和水果。她們先陪我將一塊肉送到宿舍 6 樓的屋頂平臺，同時還要許個願。既然是入鄉隨俗，那麼她們怎麼導，我就怎麼演。到了平臺，一瞄，很好，沒人在，便輕輕放了一塊肉在平臺邊的圍牆上，許個願吧！心中唸著：「祝福文文全家身體健康，一切順利」，轉身準備下樓，但又依依不捨地回頭，望望那塊肉，心中不免猜想，它會成為哪隻鳥兒的果腹美食啊！接著又取了另一塊肉到底樓側門的草叢邊，因為這裡來來往往的人多，一直羞於下手，總覺得，隨地丟棄食物，破壞環境衛生，是沒有公德心的。說時遲，那時快，找了個空檔，鬼鬼祟祟地完成這一神聖儀式，文文母女也就打道回府，我則轉身拔腳就直衝四樓宿舍，生怕學校保安會找上門。

回到房中，我開始努力地咀嚼、吞嚥並消化文文全家的愛。文文是一胎制之下的寶貝女兒，平時忙於學業及工作，極少下廚，今天她能捲起袖子，穿上圍裙，替我做這道菜餚，光是切工，那就要有無比的耐心、細心及愛心，不然是不容易完成的。文文這樣的女孩，目前還真難找，大學畢業後，順利通過托福考試，留學英國，學成後，回國在一家貿易公司擔任要職，待人和藹可親，樸實而沒有驕氣。她最大的願望是當一個平凡的老師，這個願望在

2005年的暑假實現了。可想而知，她一定是一位學生敬愛的好老師，同事喜歡的好朋友，能如此有教養，乃歸功於母親阿民的教導有方。我願天下人與我共享這「六十六塊肉」背後的深情，並將中華民族的優秀傳統道德弘揚光大。

現在中國還是普遍實施一胎制，如果家庭教育得法，個個都能像文文這樣的健康成長，那麼中國未來的社會，還是一個太平社會，所謂「修身，齊家，治國，平天下」，是不可否認的道理。

日子就在校內、校外忙碌中渡過，轉眼又是秋去冬來，還沒來得及感受杭州冬季的景致，一股強大寒流，使常年居住在豔陽高照下的我，有點招架不住這突來的轉變，凍得我將所有能穿得上的，無論是長袖、短袖、寬的、窄的，全往身上堆。沒辦法，還是冷，這時阿民找來了她的同學小雲陪我去買禦寒衣。那天是天寒地凍，氣溫驟降至零下好幾度，我們沿著街，一家一家的看，一家一家的選，她不但替我選衣、替我殺價，還大包小包地替我拿著，我們的友誼，就從那天開始。往後，她陪我走過西湖，看過畫展，欣賞過舞臺表演。她是我們這一群中，年紀最小，但個兒最高的，長得非常甜，年輕時是個大美人，又出身於書香門第，老祖父是清朝殿試一甲第二名「探花」，所以她有著特殊的才華及氣質，當年不但是眾多年輕男士追求的對象，就是長一輩的，也以她為兒媳婦的上上選。最後還是小韓有福氣，用那鍥而不捨的精神，及緊迫盯人的招術，最終贏得美人歸。

小雲和阿民是高中同班同學，也是學校文工藝術團的團員，能歌善舞，我們三人總會在心血來潮時，擺個舞姿，搶個鏡頭。

小雲也是早期中國美術學院學生，專業是花卉工筆，最擅長於畫牡丹，畢業後學以致用，走入了服裝設計這一行。她的手繪絲綢，還真不是蓋的！小雲不但人美，

愛舞者處處可擺個姿勢，搶個鏡頭。左起：吳雲、楊曼雲、全為民。

心也美，設計的服飾更美，願她在美麗的人生中，繼續展現不平凡的藝術靈性與脫俗的藝術氣質。

沒過多久，阿民又帶來了一位新朋友秀梅介紹給我認識，她皮膚白淨，頭髮總是梳得一絲不苟，穿著打扮得體，夫婿是杭州舉足輕重的高級幹部，地位僅次於市長，雖然退休了，但他的才幹、專業，還是被社會所肯定。秀梅長得是頗有官夫人模樣，但在她身上卻找不到一點官夫人架子，她幽默、風趣，偶爾也會撒個嬌，是一位實事求是的長者。我喜歡聽她唱歌，雖然已是 71 歲高齡，但那低沉帶有磁性的歌喉，完全猜不出她的年紀，特別是那「九百九十九朵玫瑰」及「情鎖」，唱得真叫你蕩氣迴腸。和她一起出門逛街，不怕沒帶錢，有一次我看上一條黑長褲，它的款式、尺寸、價格都稱心，唯獨沒帶夠錢。秀梅二話不說，拿出她的信用卡，刷刷二下，萬事 OK！店員們看了，不知我是何方神聖，如此大牌，豈不知持卡者，才是大牌呢！「有友如此，夫復何求?」幸哉！幸哉！

時間就在學業的充實及友誼的陪伴下匆匆溜走，它帶走了歲月，卻陸陸續續帶來了好幾位杭州新朋友，其中有二位是住在緊鄰學校的美院退休老師宿舍內的小魏及蘭蘭，遠親不如近鄰，有她倆的就近照顧，我內心也踏實多了。小魏，她樸實無華，善良，熱忱，樂於助人，中國傳統女性的美德集於一身。如果論及她的出身，乃宰相的後裔，其談吐舉止就是不一樣。

現在中國的公共交通汽車,非常方便,四通八達,制度完善,價格低廉。小魏最大的樂趣,就是起個大早,很隨興地坐著公交車到處看看、走走,所以杭城四周的公車路線,瞭如指掌,到哪裡,搭幾號車是有問必答。幾次我們八人小組,景區郊遊的路線,都是由她安排,如何上車,在哪兒轉車,只要跟著她,絕對錯不了,省錢,方便,另有一番樂趣。每次出遊,她必定替大夥準備水果、乾糧等食物,看她那微胖的身子,大包小包地提著,實在是於心不忍。

最讓我感動的是,每逢寒暑假返回美國時,必須從杭州蕭山機場搭早班飛機去香港轉機,我沒有鬧鐘,每回都是小魏給我 morning call,叫我起床。有一回為了要趕早上七點卅分的飛機,小魏「盡忠職守」,在清晨四點就給我打電話,五點,就和蘭蘭一塊來宿舍接我,再送我去機場。她說天還黑著呢!不放心我一人坐計程車,這份情誼,用千言萬語也不能表達我內心的感激。

行筆至此,小魏正在醫院做身體檢查,她有著家族性的遺傳高血壓症,最近常患頭暈,在這裡祝福她,希望她早日好轉,我們需要她的帶路,坐公交車出門去郊遊呢!

蘭蘭,我和她,可以說是緣上加緣,她大我兩歲,小同鄉,59 年前在上海就讀同一所小學,同校不同班,所以我們是一見如故。她也是一位了不起的人物,大學學的是工藝美術設計,工作期間,為單位設計了不少工藝作品,也當過老師,桃李滿天下,不論在年齡上,或是在學術上,她都是我的前輩。偶爾她會陪我去看工藝展覽,大略知道一些現在杭州藝術文物界的動向,及未來的趨勢,我和她的關係又加了一層,「亦師亦友」也。蘭蘭雖然也是退休人士,但她每天後背包包,腳踩著單車,去證券行上班,她的股票知識非常豐富,只要一談及股票,就如數家珍,滔滔不絕，她的思索能力不減當年，反應能力依然如故，這就是，人退休了，腦部沒退休，沒退休的腦部，就不容易退化，蘭蘭，我們共勉之。

之後又認識了曼貞，曼貞是我們這一夥年紀最大的，有 74 高齡，但她的活動力會讓你咋舌。她有著高䠷的身材，除了芭蕾舞不會跳之外，其他什麼舞都會，是老年大學及退休團體的搶手人才，尤其是交際舞（國標舞），會跳男步，所以在舞會現場是最吃得開的，只要音樂一響，就有她的份，同時她還擔任踢踏舞教練呢！真是舞林高手，佩服！佩服！

有一回在聚餐桌上，我順口說了一句，這家餐館的小菜醬蘿蔔做得真好，香脆又入味，結果沒幾天，她就送來了一罐自製的醬蘿蔔，雖然僅是那小小的一罐，但內部卻蘊藏著濃濃的友情，令人感動！

最後一位加入我們這個團體的是可愛又可親的婷婷，她是一位善解人意而又能敬老尊賢的女士，每次相聚，看到她那麼自然的扶持年長者、照顧體弱者，她把「老吾老，以及人之老」的傳統美德，給發揚光大了。

二年的留學生涯，如今已近尾聲，也即將劃上句點，美麗的藝術學習，留給我的是那數不盡的知識累積、道不完的人間溫情，這些，我將裝入在我心中的行囊中，隨著我的行李，一塊飄洋過海返回我僑居的地方，往後我會一點點，一滴滴的取出來細細品味，與人分享，直到永遠、永遠。

八仙過海各顯神通。後排左起：婷婷、小雲、小魏、阿民；前排左起：曼貞、筆者、秀梅、小蘭。

10

柴米油鹽醬醋茶
琴棋書畫歌舞花

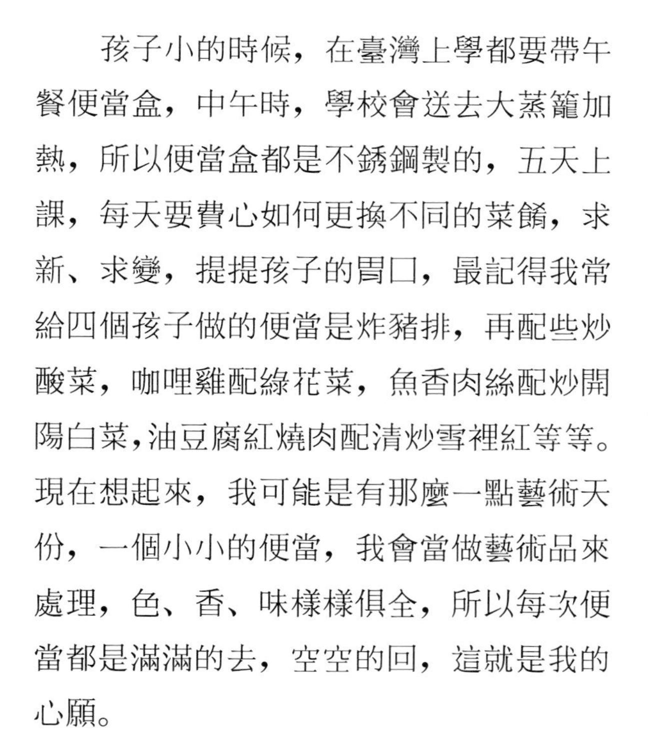

孩子小的時候，在臺灣上學都要帶午餐便當盒，中午時，學校會送去大蒸籠加熱，所以便當盒都是不銹鋼製的，五天上課，每天要費心如何更換不同的菜餚，求新、求變，提提孩子的胃口，最記得我常給四個孩子做的便當是炸豬排，再配些炒酸菜，咖哩雞配綠花菜，魚香肉絲配炒開陽白菜，油豆腐紅燒肉配清炒雪裡紅等等。現在想起來，我可能是有那麼一點藝術天份，一個小小的便當，我會當做藝術品來處理，色、香、味樣樣俱全，所以每次便當都是滿滿的去，空空的回，這就是我的心願。

「柴米油鹽醬醋茶」，只是代表人生中的一個過程、一個階段，結了婚、有了孩子，那麼每天清晨只要一睜開眼，就是這開門七件事，看來似乎是呆板、乏味，沒有變化，而且是十年如一日，但如能在平淡的生活中加些色彩，那麼這「柴米油鹽醬醋茶」，也有它可愛之處了。

孩子漸長，有一天都能獨自翱翔在屬於他們自己的天空時，這「柴米油鹽醬醋茶」的日子，將會隨著他們的成長而逐漸淡化，取而代之的是自己如何另尋一個屬於自己的天空。

因巧遇貴人，在 1996 年學了畫，三年後搬了家，搬了家，畫也就停了。但因學畫而帶來的生活變化，就像滾雪球般，滾出多種興趣與愛好，滾出許多的同好朋友，滾出了理想，滾出了健康，更滾出那數不盡的歡樂，新的開門七件事「琴棋書畫歌舞花」也隨之應運而生。以「　」會友，就在我平淡的生活中起了漣漪，漸漸地擴大、擴大再擴大……。

7. 以「棋」會友

小時候，和家人也下過棋，如象棋、跳棋等，特別記得那象棋棋盤中，敵對雙方的界線稱楚河漢界，棋盤的兩旁各寫著「觀棋不語真君子，起手無回大丈夫」的棋弈規則。長大以後，這些棋弈活動日漸減少，也漸漸消失，取而代之的是電腦遊戲。我比較喜歡人與人之間，面對面的玩這種益智遊戲，有感覺、有人氣，還有在棋散後的切磋琢磨，也能增進人與人間的溝通與交流，電腦就沒有，把電源一關，就事過境遷，啥事也沒發生過，留下來的，只是那眼睛的疲勞，腦筋的發脹。

現在大人們玩的「麻將」，我認為亦可以棋弈而比之，因為「麻將」也是一種鬥智遊戲，撲克牌亦同。那看不見的牌，就得用智慧，用機率或然率去判斷，那才能「知己知彼」、「輸牌不輸理」了。在美國，那屬於美國人的老人中心也有麻將這項活動，他們玩的麻將特別打上英文字樣，是老人們動動腦的益智遊戲，在遊戲間，他們發覺了中國人的智慧。在這 136 張牌中能有如此多種的取勝方式，中國人實在是

入境隨俗，在郊外午餐後，來個室外衛生麻將，也是一種休閒活動。

太聰明、太有智慧了。

過年時，我們全家可打二桌麻將，兄弟姐妹六人，加上父母，一家人團聚在一起，雖然廝殺之聲是此起彼落，但全家相聚在一起等待著那午夜十二時牆上的鐘聲響起，大家相互拜年，父母親發送壓歲錢的情景，只待成追憶了。記得，父親教我們，打麻將要牢記三點「盯下家，迎上家，看對家」，但我們常常是自顧不暇，那會又盯又迎，又要看的，所以最後的大贏家，還是他老人家，真的「薑是老的辣」啊！

在美國時，如友人過生日，或有朋自遠方來，也會聚在一起，玩玩這中國國粹「麻將」，一般的生日宴，或聚餐，飯畢而後鳥獸散，未能盡興，也像缺少什麼似的，只有打麻將，大夥在一塊，可以耗上五、六個小時，一家帶一個菜，邊打麻將邊聊天，談談那自己使不上力的國家大事，怪事年年有、今年特別多的社會新聞，百貨公司折扣又折扣的好消息，當婆婆媽媽的心得，含飴弄孫的樂趣……等等，快樂的時光，總嫌太短，吃完了晚飯，各自打道回府，結束了這美好又充實的一天。這與那「好友相聚，秉燭夜談」，不也是異曲同工嗎？

2.以「琴」會友

「琴」姑且把它當成「樂器」來詮釋吧！古箏，是我人生中第一個接觸的樂器，一年後又學了琵琶，也學了一些二胡，自

古箏老師馬梅椰（左二）與部分參加演出學生合影。左三為筆者。

此以後，我對國樂是情有獨鍾，不論在任何時間、任何場所，只要一聽到中國傳統樂器所演奏的音樂，我的靈魂會隨著飛舞起來，全身細胞也會跟著旋律舞動著。

我的樂器啟蒙老師馬梅椰，來自上海音樂學院，她來自上海，我來自臺灣，會在美國相遇，只能用「緣份」來解釋了。她很得意有我這麼老的學生，我也很得意，老師沒有放棄對我的教學。我是她眾多學生中，年齡最長，也是對音樂猶如一張白紙的初學者，每回她都耐心的、認真的雕塑我這塊老朽之木，總算沒有讓她失望，我很努力，永遠認同那「勤能補拙」的勵志語。每一年，馬老師都會舉辦一場學生演奏發表會，我夾在許多年輕學生中，是有點特殊，學生一個個輪著上臺表演，輪到我時，老師會特別介紹我的年齡以及學琴的認真，當我表演完畢，觀眾總會給我特別多的掌聲，我感受到，任何角色，一旦上了舞臺，需要的是觀眾的掌聲，掌聲代表鼓勵、肯定、尊敬以及感謝。之後，我也經常在美國主流社會，用中國的樂器，穿著中國傳統服飾，彈奏著中國的經典名曲。那古老的歷史淵源、濃郁的民族特色，那古樸雅致動人的東方神韻，不但發揚了傳統的中國文化，也給觀眾留下了深刻印象。

最讓我記憶深刻的演出，一是在美國南加州「寶爾」博物館，當時正要展出自北京空運來美的「清朝」末代皇帝溥儀的遺物及其他文物精品，開幕儀式當天需要一些中國文化作點綴，我被老師指派去作中國樂器演奏。美國人民很喜歡戶外活動，就連開幕典禮也喜歡在室外庭院中、草坪上、樹蔭下舉行，簡單儀式結束後，我開始彈奏我熟悉的古箏曲，頓時，透過擴音器使整個庭院瀰漫著那優美的琴聲，同時也吸引了許多外國觀眾圍繞著我，靜靜聆聽那美妙的曲調，仔細觀賞我，那一雙手，在箏的左右飛舞著，一曲接一曲，掌聲是一波又一波，這掌聲是鼓勵、是肯定，這種近距離與觀眾面對面的表演接觸，還是第一次，那種感覺是驕傲、是自信，美麗的中國藝術在外國人的心目中，又加深了許多。另一次是外孫女學校舉辦國際文化日，除了展出各國傳統手工藝外，晚會中有各國的文化藝術表演，我被邀請代表中國，表演古箏，當時正值美國 911 事件發生的那一年，全國人民在莊敬自強、處變不驚下，一首愛國歌曲「美麗的美國」(*America, The Beautiful*)，應運而生，馬老師替我譜了古箏曲調，當天我先彈了一首代表中國文化的「瑤族舞曲」，柔情婉約的曲調，使全場鴉雀無聲，第二首則是 *America, The Beautiful* 這雄壯、激昂的進行曲，立刻轉換了觀眾的情緒，有人輕輕和音唱著，有人頻頻拭著眼淚。當我演奏完畢，現場的老師、學生及觀眾來賓，全體站了起來，掌聲是延綿不斷，這掌聲是給我的尊敬及感謝。

散場時，有幾位學生家長豎起大拇指對我說:「沒想到，中國的樂器，能把美國歌曲彈得如此好聽，太神奇了。」

美國寶爾博物館演出

3. 以「書」會友

這兒的「書」，僅指書法而言。

記得有一位學者曾說過這麼一句話，大概意思是：「中老年的妙趣，在於相當的認識人生，認識自己，去做自己能做的事，享受自己所能享受的生活」。

來到美院學習書法的一年中，真正「享受到自己所能享受的生活」。我喜歡聽著音樂寫書法，隨著音樂的節奏，在線條中舞動著，快樂無比，美不可言。因為接觸到了它，也就想去認識它，在朋友中也就增加了喜愛書法的前輩們，和他們一塊去看書法展，學著如何去讀一件作品，探討那字裡行間的佈局與結構，如何去使用印章，那錯落有致的印章有它使用的道理等等，它就如一幅畫，這麼的美，這麼的博大精深，這遲來的人生體驗，又在我美麗的藝術人生中增添了一筆。

韓天雍老師（右二）特書鸞鳳和鳴，贈送小兒為結婚賀禮。

我憧憬著未來，有那麼一些老態龍鍾、志同道合的朋友，大家聚在一起，掛上老花眼鏡，帶著那無齒的笑容，用那顫抖的手，寫著那不成形的大字，大夥一定笑成一堆，多麼有趣的畫面啊！真的，等到我們那兒都去不了，那麼「毛筆」還是我手心中的寶，這不是一個浪漫的夢想嗎？

「引水環曲成小渠，置酒杯於水之上游，與會者環坐渠旁，杯隨波而下，止於某處，則其人取而飲之。」有「書聖」之譽的王羲之，在會稽郡山陰縣的蘭亭（今已併為紹興縣）舉行「修禊」而作了這一篇「蘭亭序」。中學時曾讀過這篇文章，但當時是一知半解，數十年後的今天，因習書法又重讀此作。2005 年 6 月與好友數人相約前往紹興一遊，進入蘭亭，來到古人聚會的地方。那「清流激湍，映帶左右，引以為流觴曲水」，猶如身歷其境，更能體會作者的意趣。

臨「蘭亭序」　局部

永和九年歲在癸丑暮春之初會
于會稽山陰之蘭亭脩禊事
也羣賢畢至少長咸集此地
有崇山峻領茂林脩竹又有清流激
湍映帶左右引以為流觴曲水
列坐其次雖無絲竹管弦之

4. 以「畫」會友

我的國畫啟蒙老師林卓棋，樂觀、好客，上他的課如沐春風，師生之間，如朋友般。林老師是一位烹飪高手及美食家，同學們去過他家一次，滿桌的菜餚，各具特色，尤其是那招牌菜——八寶鴨，同學們更是二三下吃得盤見底。老師說：「做菜也是一門藝術，講究色彩的搭配，造型、佈局，要賞心悅目，才能胃口大開，除了味覺，還要有視覺的享受。」師母這時只能在一旁扮演老師的助手了。飯畢，老師帶領我們參觀他家的後院，看到滿院的奇花異草，似曾相識，原來這些花草都已入了老師的畫中。老師說：「這些花都是我親自栽培的，畫花必須要知道花的生長過程，花的造型，枝葉的關係等等。」難怪老師能把花畫得如此生動，原來是天天在家看花賞花，研究花呢！老師上課，偶爾會帶來一些家花，讓我們了解如何取捨花材，如何構圖，很有趣的一種教法。有一回更有趣，那次輪到在我家上課，老師要我準備一隻雞，他要表演骨肉分離術，骨不斷、肉不碎的絕技，果然大開眼界，但不知這與畫畫有何關連，那天上課的主題是「如何殺雞取骨」——另類藝術吧！課畢，老師、同學們打道回府，我把雞骨頭燉了湯，雞肉切丁，來個宮保雞丁，全入了家人的五臟廟了。還有一次，老師帶來了一張六尺全開的宣紙，要我們隨興畫梅，隨便點梅，最後老師用粗幹、細枝連接，師生合

美國愛畫之友

作的一幅「紅梅圖」呈現在我們眼前，皆大歡喜，令人回味無窮。雖然我和同學相聚學畫的時間不長，但有趣之事點滴常記心頭！直到現在我們還是經常聯繫，偶爾見個面，友誼長存。

5. 以「歌」會友

「來來來來，你來我來，他來她來，我們大家一齊來，來唱歌，我們一齊來唱歌，一個人唱歌多寂寞，一群人唱歌多快活，你別說，我們唱歌儘是 DO RE MI FA SO，你別笑，我們唱歌都是哇哩哇啦叫，唱歌使我們勇敢向前進，唱歌使我們年輕又活潑，來來來來，小孩子來呀唱呀，老人家來呀唱呀，女士們來呀唱呀，男士們來呀唱呀，願唱的來呀唱呀，愛唱的來呀唱呀，大家一起來呀唱呀，我們唱，我們歌唱快樂，我們唱，我們歌唱健康，大家唱，我們盡情的唱，我們高聲的唱，我們大家一齊唱。」這首「大家唱」是我在美國洛杉磯羅蘭合唱團的班歌，看看這歌詞，多健康，多快樂，它的曲調，也輕快、活潑，只要一打開嗓子唱著這首歌，團員們會隨著那輕快的節拍，搖曳生姿，心情自然跟著也舒暢、快樂起來，這是不用科技，不需藥物，在身體內自然產生的良性元素，使之容光煥發，元氣淋漓。

其實，我是一個不會唱歌的人，高音上不去，低音下不來，中間還要走音，但

羅蘭合唱團演出盛況

合唱團老師，左為路榮藻老師，右為潘啟秀老師。

合唱團潘啟秀老師說:「只要會說話，就能發出聲，就能學唱歌，唱得好壞沒關係，大夥也都不是專業的，慢慢學，我們求的是快樂，求的是健康。」老師還說:「唱歌能鍛鍊肺部，那吐氣、吸氣、換氣練嗓子，都是有助於肺部的健康」，所以在潘老師的有教無類下，團員們個個都是「來者不拒，照單全收」，我就這麼成為合唱團的一員，慢慢地也喜歡唱歌了。

我們經常參加僑界舉辦的各項活動，所以備有各種款式的制服，有中國式的旗袍，有西式的晚禮服，有青春可愛型的背心裙……。雖然團員平均年歲有 72 歲之高，但每次出場，都會打扮得雍容華貴、美麗大方。在潘老師的熱心指導下，成績斐然，享譽僑界，當然也得來不少的掌聲，娛人娛己。

合唱團每星期練唱一次，每次二個小時，課後聚餐，一星期才見一次面，就有說不完的話，聊不完的天，彼此之間的感情就在這說說唱唱下日漸增長，自然也交到許多好朋友，偶爾會聚在一起談談心、解解悶，交換對某些事物的心得與看法。在一塊唱卡拉 OK，那是必然的，在美國，中國人家幾乎都裝有卡拉 OK 的設備，在經過幾位好友的指點、更正，同時在耳濡目染下，我的歌藝也有了些進步，興趣更是大增。記得以前凡是有唱歌的場合，我一定是離麥克風遠遠地，但現在則是握著麥克風不放，朋友的影響竟是如此之大，所謂「近朱則赤，近墨則黑」是也，那麼，我們就把人生唱得更美，把生命唱得更健康吧!

募款贊助演出（飛舞）。左二為筆者。　　風華絕代俏佳人，羅蘭長青會新年演出。

6. 以「舞」會友

在一個週末的早晨，和杭州的新朋友相約爬寶石山，上寶俶塔，大夥約好在西湖斷橋前白堤進口處見面，再一塊步行上山。

我和小蘭、小魏三人起個大早，一塊沿著西湖，經過一公園，湖濱公園，漫步來到約會地點。白堤進口處有一古色古香的亭子，亭外有坐椅，還有一平坦的水泥地，亭內亭外有著一群中老年人，穿著輕便，正隨著音樂節拍，婆娑起舞，他們個個是精神抖擻，腳下踩著輕快的節拍，臉上浮現健康、滿足的笑容。小蘭告訴我：「他們多半是退休人士，大夥每天早上都來這兒跳舞，自備音樂，自帶茶水，一直跳到遊客多了，才打道回府。」接著她又說：「其實這種場合，在杭州是處處可見，天一亮，只要在廣場、公園，就連較寬敞的商店前、走廊下，都能見到舞動的人群，目前較普遍時髦的是跳交際舞及踢踏舞，當然，傳統的民族舞，劍舞等也有人跳。」

真是個「舞」的世界。舞蹈，就是有音樂陪伴的運動，它不但能協調身心，也能激活沉睡中的能量，美麗的一天，就從清晨開始了！

張愛玲散文集裡有這麼一段「談跳舞」，這是她在 1944 年 11 月《天地》月刊第 14 期的文章，「……中國是沒有跳舞的國家，以前大概有過，在古裝話劇電影裡看到，是把雍容揖讓的兩只大袖子徐徐伸出去，向左比一比，向右比一比……。浩浩蕩蕩的國土，而沒有山水歡呼拍手的氣象，千年萬代的靜止，想起來是可怕的。中國女人的腰與屁股所以生得特別低，背影望過去，站著也像坐著。」

但經過一甲子的時代變遷，中國浩浩蕩蕩的國土完全改觀，跳躍在音符中，活潑在舞動裡，有朝氣、有活力了。正面看是 70 歲，背影望去，像 17 歲的大有人在，此一時彼一時也。

我在美國，自從加入了李美鴒老師的舞蹈班後，在舞蹈中所領悟到的「美」，是別的藝術領域中所沒有的，因為它不但是動態的肢體語言，也是靜態的感情發放，它是全身的，從頭，甚至於頭髮，一直到腳指尖，無一不受音樂舞蹈動作的觸動而動盪起來，雖然我不能全面做到，但我能體會得到。我們這個舞蹈班人數只有十來人之多，絕大部分都是家庭主婦，孩子大了，空閒時間相對也多了，所以常常去各老人院、孤兒院、殘障中心等地做慰問表演。五彩繽紛的舞衣，飛舞在他們幾乎沒有色彩的世界裡，我們帶去了這美麗世界的關懷與愛心，尤其是看到智障兒童那純真的笑容與用鼓掌來表達感謝的掌聲，我們內心也溫暖了。我們也常被邀參加美國主流社會各型活動演出，在國際文化交流上，也盡了些棉薄之力。

除了李老師的韻律操、民族舞外，住家社區附近公園也有教太極拳、元極舞，老人會還有交際舞及排舞 (Line Dance) 的指導，我只要有時間，全都參加，我看我這輩子除了芭蕾舞不敢嘗試外，其他有關「舞」，我都去領教領教，健身，樂在其中唄！

7. 以「花」會友

這兒的「花」乃指廣義之「花」，就是遊山玩水，賞花觀草。

「走！走！走走走，我們小手拉小手，走！走！走走走，一同去郊遊……」這是孩提時的兒歌，去郊遊是件樂事，還要小手拉小手，這是多麼美麗的童年時光。

長大後，在臺灣唸初中時，參加童子軍，有野外露營活動，記得那是在臺北郊區、碧潭湖邊，大家合力紮起帳篷，夜間點燃柴火，營火晚會開始，童子軍們手拉著手，圍個大圓圈，夜色當空，火在中間燃燒。我們大聲的唱著：「當我們同在一起……，其快樂無比，你對著我笑嘻嘻，我對著你笑哈哈，當我們同在一起，其快樂無比。」手拉著手，心連著心，團結就是力量。青春活力，就在那同歡唱、同遊戲中悄悄溜走。

年歲漸長，同好玩伴們也有老手拉老手的時刻，那是在 2005 年，我來杭州第二年的 4 月裡，我是會員之一的美國洛杉磯羅蘭長青會，在會長劉元麟先生，領隊張永祥先生的率領下，浩浩蕩蕩一行 30 人，平均年齡 72 歲，作為期二週的中國江南遊，其中有三天在杭州，我蹺課隨團暢遊

美國洛杉磯羅蘭長青會參觀杭州青春寶製藥廠與馮董事長合影（居中者）

西湖虎跑山等地，爬山途中，三五成群的會員們會老手拉著老手，相互照顧著，彼此攙扶著，坐船遊西湖在湖岸等船時，也會手拉著手的唱著應景歌「西湖春」：

春風吹，春燕歸
桃杏多嬌媚
儂把舵來我搖槳
劃破西湖水。
春意濃，春心暖
遠山多青翠
但聞遠處歌聲傳
春日最陶醉。

美麗的回憶，永不褪色，歲月的流逝，要多珍惜，中國北京中央電視臺為中老年人特別設計了一個溫馨的節目「夕陽紅」，它的主題曲「夕陽紅」在二年前已遠送到了地球的另一端——美國洛杉磯羅蘭合唱團，老師把它譜成男女二部合唱，非常好聽，我們都很喜歡這首歌的歌詞，也願能如歌詞般，在溫暖和煦的陽光裡，走完人生美麗的晚年。

最美不過夕陽紅，溫馨又從容
夕陽是晚開的花，夕陽是陳年的酒
夕陽是遲到的愛，夕陽是未了的情
多少情和愛，化作一片夕陽紅
化作一片夕陽紅

11
我的成長

1. 國畫

山水老師 戴光瑩

山水

（左）一棵樹
（右上）二棵樹
（右下）多棵樹

臨摹

山水小品

寫生　杭州西冷印社

初識山水課堂中
入境西湖興味濃
皴擦點染雖未工
自有真意在其間
二〇〇四年十一月于
杭州中國美術學院
曼雲

六. 花鳥

花卉鉛筆寫生

花卉毛筆寫生

白　描

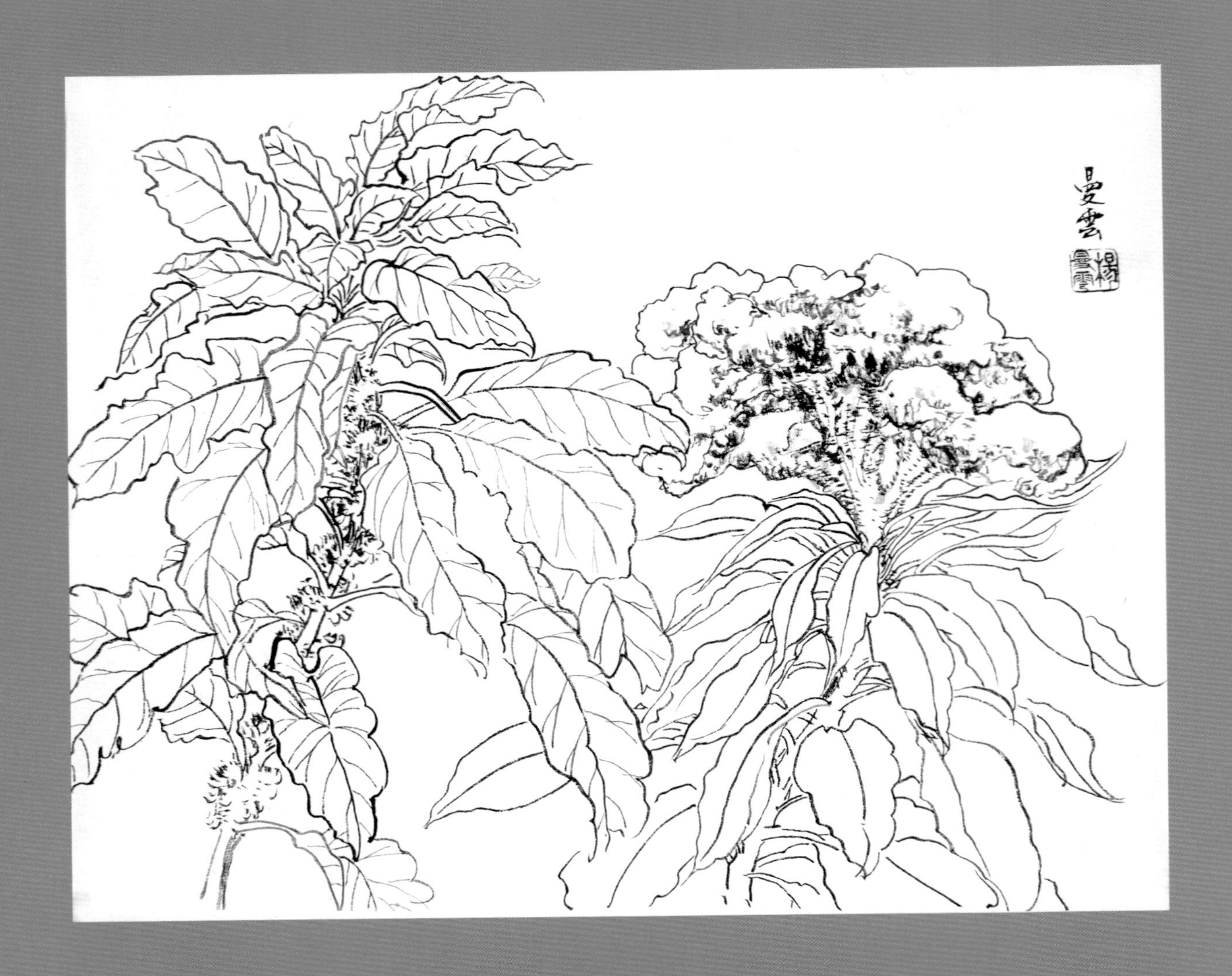
曼雲
楊曼雲

曼雲
楊曼雲

峰陽之桐聲越冰泉
天然宮商松風畫弦
楊曼雲

宋人小品創作

兩隻小貓。剛來美院學習，自己感覺到一切都是如此新鮮，連外孫女們也興奮不已。住在美國德州的大女兒，家中除了養了兩隻大狗外，因拗不過兩個外孫女的要求，又增添了兩隻小貓。孫女們愛不釋手，打來越洋電話，要我這外婆畫兩隻貓送給她們當聖誕禮物。當時正是劉海勇老師擔任教學，主題是「宋人團扇花鳥」，以絹為材料，花鳥為畫稿。鳥的畫法重在染色及絲毛，畫貓亦大同小異，經徵得老師同意後，我開始找畫材、思佈局，在老師耐心指導下，毛一根根地絲，顏色一遍遍地染。兩個星期後，終於完成這極需耐心、細心及愛心的作品，用快遞寄往美國，也趕上了當年的聖誕禮物，皆大歡喜！

劉海勇老師（中）帶隊校外觀畫展

小寫意臨摹(劉海勇老師特為其落款)

小寫意臨摹

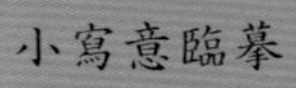

小寫意臨摹

工筆創作

竹子練習及臨摹

竹子練習及臨摹

c. 大寫意

留學生展　與指導老師王一合影

曼雲
丙子湖畔

曼雲寫
寒香
楊曼雲於
西子湖畔

丙戌年仲春 楊漫雲於中國美術學院

出水風荷帶露香
乙酉中秋 楊漫雲於西子湖畔

晴霞
乙酉秋月 曼雲

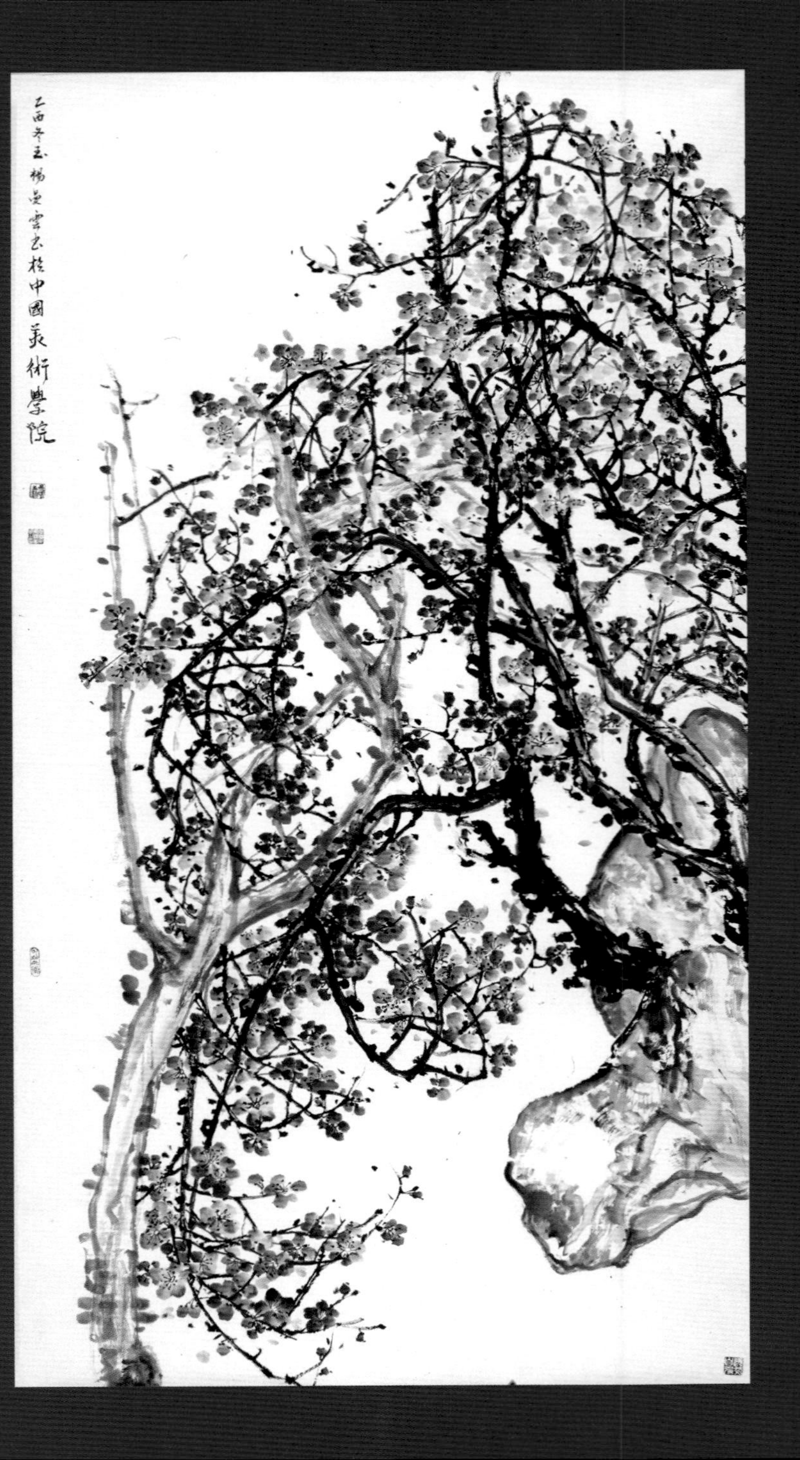
乙酉冬至楊長雲寫於中國美術學院

傲霜
乙酉中秋

2. 書法

書法系主任祝遂之老師（前排中間）與同學合影

碭履尾心寒輕騎
還界者楚惡可薦
楊乾君厥忠匪龍下

隸書　臨「石門頌」

嗇夫宮敢言之往務用渠
用生頭戴廿[illegible]領沽出

隸書　臨「漢簡」

都尉不華字季將勒
銘緝熙之彰貢長稙
靡彫幣濟能帝祠兵
月二鹿鳴於惠蘭六
達少交所好廉柔式
懸擢時東躬忠之考
樂復君黔解就垂訓
誤凡多聽恕及也循

隸書　臨「曹全碑」

皇代石
表銘與
乾長期
蕩於盛
復授赫

楊曼雲臨於
西子湖畔

隸書　臨「禮器碑」

大篆　臨吳昌碩「石鼓文」。指導老師韓天雍。

臨「毛公鼎」

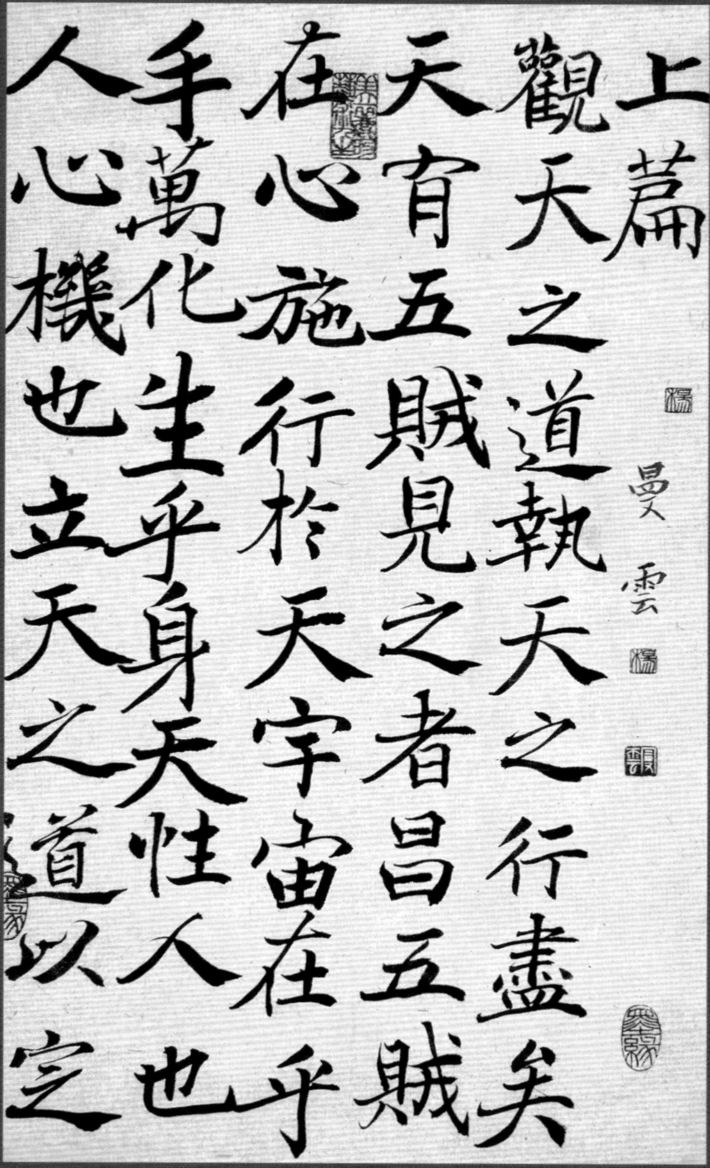

唐楷　臨褚遂良「陰符經」

上篇

觀天之道執天之行盡矣

天有五賊見之者昌五賊

在心施行於天宇宙在乎

手萬化生乎身天性人也

人心機也立天之道以定

曼雲

岳司元皇天上昔在除南
璵潔解嚴派枚於秋性推
彫羽悅海祑臨諱蕭既祖
悟良具蔑竟猶瓌郎識澤
普胃高壽盪玉三周草空
日明書自星相置蕭酉翰
清寶霄亥与桐將年鄉奄
徒無象於而兆然爲從無
行以脛因女作誚蓋使南
玄感含曉傳貫毛遠曜樂

楷書　魏碑　臨「張黑女墓誌」

（上）行草　臨王羲之「得示帖」
（下）行草　臨王羲之「喪亂帖」

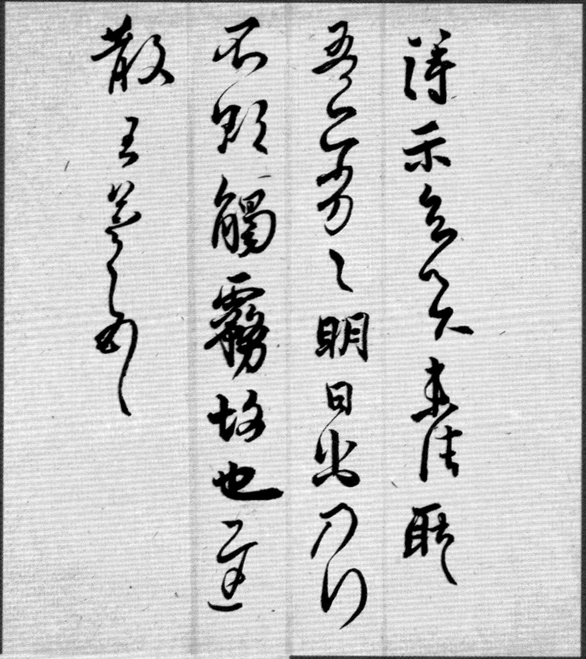

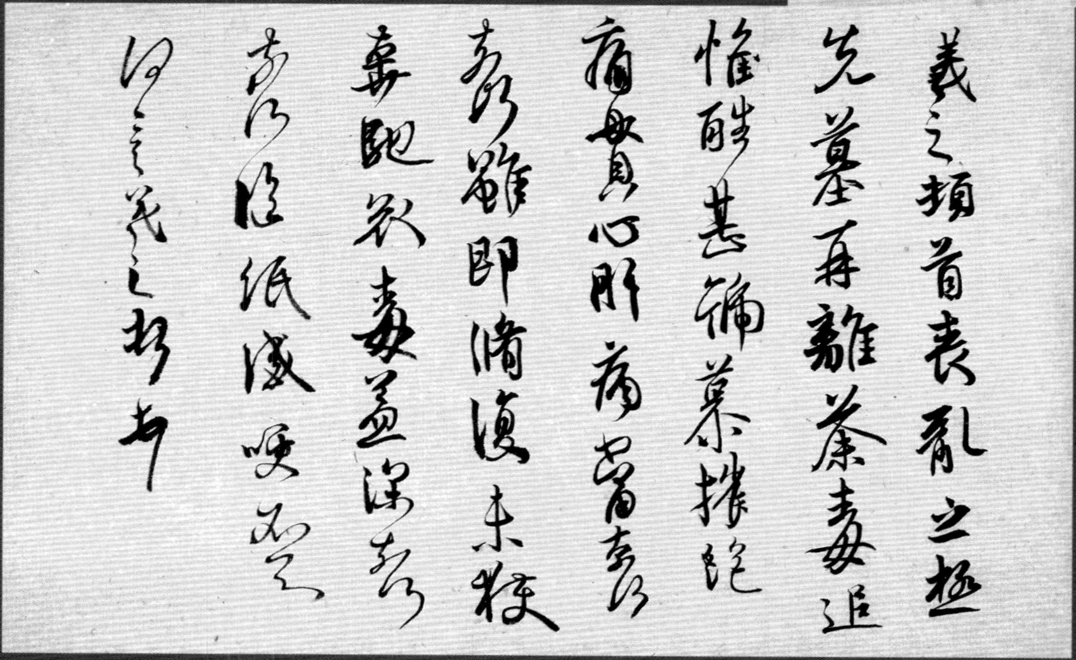

陳大中老師示範

大唐三藏聖
教序太宗文
皇帝製蓋聞
二儀有象顯
覆載以含生

唐楷　臨褚遂良「雁塔聖教序」

行書　臨米芾「蜀素帖」。指導老師陳大中特為其一落款。

吳江垂虹亭作
斷雲一片洞庭帆玉
破鱸魚霜破柑好作
新詩繼桑苧垂虹
秋色滿東南泛泛五湖
霜氣清漫漫不辨水
天形何須織女支
機石且戲常娥稱
客星時為湖州之
行

行書　臨米芾「蜀素帖」

行書　臨蘇東坡「寒食帖」

魏故南陽
張府君墓
陽白水人
誌君諱玄
字黑女南
也出自皇
帝之苗昔
在中葉作
牧周殷爰
及漢魏司

楷書創作　指導老師呂金柱

月落烏啼霜滿天江楓魚火對愁眠姑蘇城外寒山寺夜半鐘聲到客船

楊曼雲書於西子湖畔

隸書創作

（右）隸書　「石門頌」創作
（左）小篆創作

月落烏啼霜滿天
江楓漁火對愁眠
姑蘇城外寒山寺
夜半鐘聲到客船
曼雲於中國美術學院

孤山不孤
斷橋不斷
長橋不長
西湖奇景三處
丙戌年楊曼雲書

偶然偶得成偶趣

天

一筆意筆造藝筆

神來之筆

大篆課臨「周毛公鼎帖」，對「天」字之書寫，上面那一横筆不能用「描」出來，而是「寫」出來的，所以不能死墨一坨，要輕鬆，結果我過於輕鬆，一筆下來得此效果。人頭側面，五官俱全，長髮飄揚，莫不生動，任課老師沈浩特為之譜對聯。

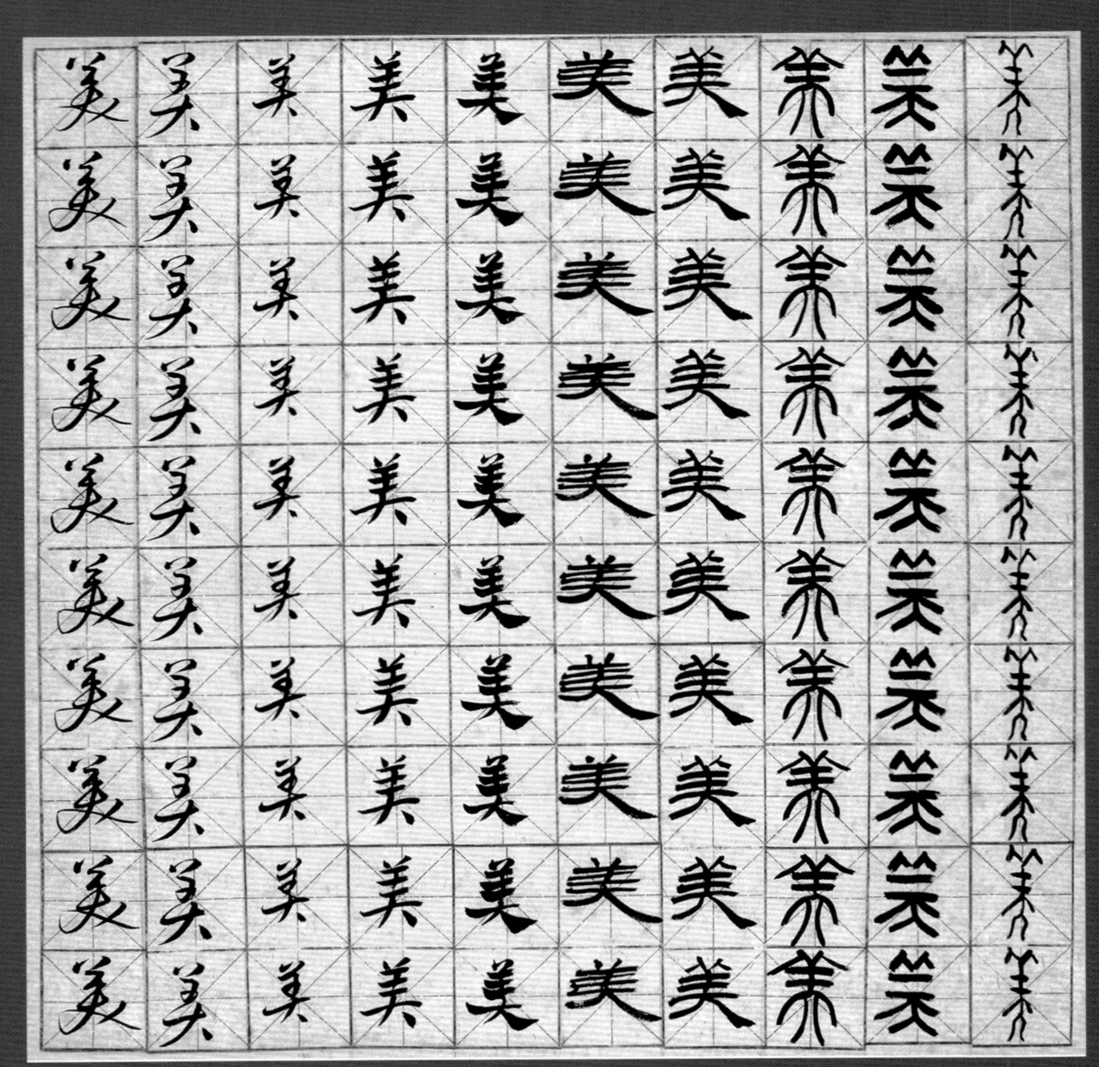

創作百「美」圖。用「美」來表達漢字之不同書體，左起依次為甲骨文、大篆、小篆、隸書、竹簡、章草、楷書、行書、小草、大草

荣誉证书

杨曼云 同学:

祝贺您的作品入选 **“四海艺同——第二届中国美术学院国际教育学院学生作品展”**。

特发此证，以资鼓励。

中国美术学院国际教育学院

2006 年 5 月 9 日

後記

在國畫老師的建議，友人的鼓勵，家人的支持下，這本書就在 2005 年 11 月開始動筆，2006 年 5 月完稿，這 7 個月是我人生中最充實、最有成就感的日子，除了上課、寫作業外，其餘時間全放在寫稿上，沒有經驗，沒人指點，全是「閉門造車」、「閉關自守」沒有規範的自由發揮下，這拉拉雜雜的五萬多字的書，終於出爐了，寫書的過程，另有一番滋味在心頭。

在這寫作的二百多個日子裡，五萬多個文字中，真正體會到「靈感」是怎麼一回事，那是一種無意識中突然興起的神祕文詞，人說廁所是培養靈感最佳地，沒錯，這種經驗我有過，但等走出廁所，剛才的美好詞句居然全給忘了，腦內是一片空白，急著再走回廁所，尋找那失落的靈感，但已是過眼雲煙，沒了！因此就在宿舍內任何一點，任何一處備有小本一本，筆一支，以防老人健忘症發作時坐失良「句」。另一種靈感是因情緒或景物所引發的創作情思；走在大街上，那路人的擦肩過，景物的眼前晃，都能激發出一段美麗文字及情節，所以當街會拿出事先準備好的小型錄音機，來個自言自語，當然總會收到一些路人的奇異眼光。更妙的是睡到半夜，會莫名其妙的突來靈感，立刻起身在那半夢半醒之間，用那如同蚯蚓般的字體，記下這夜深人靜帶來的巧文妙句。

這本書不論褒或貶，我都欣然接受，因為這些都是給我的最寶貴、最真摯的心裡話，我感謝您！

最後特別感謝三民書局劉董事長、中國美院的書法老師沈浩及國畫老師王一撥冗為我寫序。在中國美院學習的二年期間，不但讓我對國畫及書法知識獲益良多，還有一個意想不到的額外收穫：《藝動人生》這本著作，竟會在我生命中出現。——沒有做不到的，只有想不到的。